病気自慢

からだの履歴書

玉村豊男

世界文化社

はじめに——病気を自慢することを許してください

私は三十七歳から七十二歳までの三十六年間に、八つの病院に十四回入院しました。

最初は一九八二年十二月のことでした。交通事故による頭部挫傷と外耳裂傷のため中央自動車道沿いの病院に救急車で搬送され、緊急手術を受けて三日間入院した後、都内の林外科病院に移送されました。そこでは、九日間の入院を終えた後、一ヵ月あまり通院して外傷の治療を受けていましたが、その間に内耳壁にも損傷があることがわかり、翌年二月慶應義塾大学病院の耳鼻科に再入院しました。つまり、一回の事故で三回の入院を経験したわけです。

その次は一九八六年、四十歳のとき軽井沢の自宅で大量に吐血し、救急車で運ばれて佐久総合病院に入院しました。が、十日間ほどで東京・白金台の東京大学医科学研究所附属病院に転院。ここもいったん退院した後に輸血後肝炎に感染していることがわかって再入院したので、このときは二つの病院に三回の入院、という計算になります。

そんなふうに、ふだんは元気なのに突然思いがけない出来事が起こって、しかも救急車で運ばれたり、転院や再入院を繰り返したり、けっこう話の種になるような入院騒ぎが多いのが私の場合の特徴です。これらを皮切りに私の入院騒ぎはその後も続いたので、「病気ネタ」のレパートリーはさらに増えていきました。

六十歳を過ぎた頃、入院歴も七病院九回を数えるようになったところで、「病気自慢」というテーマで本を書こうかと思いました。

その年代になると、誰もがなにかしら悪いところを抱えていて、顔を合わせるたびに病気の話題が増えてきます。血圧が高い、血糖値が心配だ、大腸にポリープができた……そういう集まりでは、たがいが自分の病気を自慢して、「過去に重い病気にかかったことがあるが現在は元気な人」が場を仕切るのです。交通事故と吐血のほかにも、私にはかなり自慢できそうな病気がありました。

が、いざ本を書こうとすると、仲間うちで自分たちの病気を笑っているのはよいが、世の中には本当に辛い病気で苦しみ、心から悩んでいる人が多いはずだ……という思いが頭をよぎります。自慢して笑い話を書くなんて、不謹慎きわまりない。重い病気と闘っている人に対して、恥ずかしくないのか。そう自問自答して、筆がとれませんでした。

いまでもその思いに変わりはありませんが、私も、もう少しで後期高齢者です。日本という長寿社会ではまだ平均寿命にも達していませんが、そろそろお迎えが来ることを覚悟しなければならない年齢であることもたしかです。あと二十年生きる可能性もあるが、二年で死ぬかもしれない。そう考えたとき、病気や怪我や入院の話をきっかけに、自分自身の「からだの履歴書」を書くのも悪くない、と思うようになりました。

そして、最終的に執筆を決断したのは、二〇一六年六月、超音波とＣＴの画像診断で肝臓にガンが見つかったときでした。ようやくガンになった。これで自分にも、少しは病気を自慢する資格ができたかもしれない。告知を受けたとき、まず頭に浮かんだのはそのことでした。

私は資料をきちんと保存するタイプではないので、過去の入院や病気のデータは、ほとんど手許にありません。ただ、一九八二年から大判のスケジュールノート（二〇一五年からはウェブダイアリー）に予定を書き込み、その予定を事後は記録として残しておくことにしているので、文中の年代や数字はほぼすべてがその記載に準拠しています。ただ、記憶の保持には不安があり、同じ病気の話でも、過去に書いた原稿の内容と細部が異なる場合があるかもしれません。その点はどうかご容赦ください。

目次

遺言——まず最初に遺書を書いておくこと

ガンが見つかってから、これは急がないといけないと思い、妻とふたりで東京へ行って公証役場で遺言を作成してきました。

実は、数年前から、そろそろきちんとした遺言を残しておかないといけないね、と話し合っていて、市販の参考書や様式集を買い込んで書きかたを勉強しようと思っていたのですが、日常の忙しさにかまけて、ろくに読みもしないまま忘れていました。が、初期の肝細胞ガンだとはいえ、あまり悠長に構えていてはいけないと思い直し、専門家に相談して正式な遺言書を作成することにしたのです。

大きな財産があるわけではなく、いまさら相続を争うような係累もいないので、わざわざ遺言を書き残す必要があるのか……とも思いましたが、いちおう農地や自宅やワイナリーがあるので、それらを私たちが死んだ後どうするか、あらかじめ決めておいてくれないと困ると言われて、ようやくその気になったのです。

私たち夫婦には子供がいないので、ふたりとも死んだ後はすべてを会社に託すことになるのですが、そのあたりのことを公証人に法律的な言葉に書き直してもらい、何度かやりとりをして文面を決めました。最初に示された案には、私が先に死んだ場合のことしか書いてなかったので、妻が先に死んだ場合と、ふたりが同時に死んだ場合を、書き加えてもらいました。たしかに私は妻より五歳半年上なので、私が先に死ぬ可能性が高いことは認めますが、法律のプロであるはずの公証人が、私が先に死ぬと頭から決めつけているのは如何なものでしょうか。交通事故や飛行機事故を考えた場合、ふたりが同時に死ぬ可能性も排除できません。

公証役場では、遺言書の文言を確認した後、ひとりずつ別々に部屋に呼ばれて、内容を確認して捺印しました。こうして完成した私たちの遺言は、原本は公証役場が保管し、謄本を私たちが受け取って帰りました。これで、もういつ死んでも安心です。

私は、遺言を書こうと思ったときから、葬式のやりかたについていろいろ考えていたのですが、そういうことは今回の遺言には書き込まれませんでした。それは公式の遺言書とは別途に、どんな書式でもよいので書き残しておけばよいと言われたので、この場を利用して書いておこうと思います。

基本的に私は「葬式無用・戒名不要」の人なので、死んだらできるだけ早く（火葬場の予約が取れ次第）火葬してもらいたいと思っています。その場合、自宅で死ぬか、病院で死ぬか、外出先で死ぬかによって、死亡から火葬までのあいだの時間も、遺体の処置方法も変わってきます。葬式はしないといっても、火葬の前に遺体を自宅に安置する時間がある場合は葬儀社に棺桶を手配してもらう必要があるでしょうし、遺体の入った棺桶も、また火葬した後の骨壺も、居間の暖炉の前に遺影とともに飾ることになるでしょう（これまでもイヌが死んだときは骨壺を同じ場所に置いて花を手向けました）。

遺影用の写真は、カメラマンの友人が遊びに来たときに毎年撮ってもらっています。もしもこの先、なかなか死なないで時間がたっぷり余って困るようなら、祭壇の飾りかたから流す音楽までこまかく指定してもよいのですが、もしもその前に死んだら、このあたりのことは残された人たちにまかせます。死者が生者を動かすべきではない、というのが私の考えなので、あとは好きにやってもらえばよいと思っています。葬式などという特別の場を設けて集まってもらうより、いつでもどこでも私を知っている人たちが集まったとき、もしも私のことを思い出してくれたら、楽しく笑ってワインで乾杯（献杯）してくれれば、私はそれで幸福です。

ただ、遺骨の処理だけは、方法を指定しておこうと思います。私の遺骨は、ブドウ畑に散骨してもらいたいのです。火葬場から戻ってきた骨は、業者に頼めば散骨用にこまかく粉砕してくれるそうです。専用の道具を買えば誰でもできるといいますが、妻はやりたくないと言っています。

散骨する場所は、一九九二年に植栽したヴィラデストのいちばん古いブドウ畑にしてください。面積は六百坪くらいあるので、十分だと思います。他人の所有地に散骨するとトラブルになることがあるそうですが、ここは私有地なので問題ありません。

ヴィラデストでは、毎年、春頃に、ブドウの樹の列間に、一列置きに堆肥を撒いてトラクターで鋤《す》き込みます。ワイン用のブドウはあまり栄養を必要としないので、まったく肥料を入れない人もいますが、ヴィラデストでは、斜面から流れて失われる土地の養分を補充する程度に、一年置き（毎年一列置き）に堆肥をやっています。私の粉砕した遺骨は、その堆肥の上に撒いて、堆肥といっしょにトラクターで土に鋤き込んでもらいます。もし骨になる時期が施肥の季節に間に合わないようなら、それまでは粉骨を入れた骨壺を母屋の暖炉の前に安置しておき、季節が来たら散骨するように。

ブドウはアルカリ性土壌を好むので、この畑をつくるときには三陸から取り寄せたカキの殻を大量に鋤き込みました。あれから二十五年以上経ってカキの効力が薄れた頃、新たに加えられる人骨のカルシウムは、メルローやシャルドネにきっとよい影響を与えることでしょう。

この畑の古い樹に生るブドウからは、ヴィラデストの旗艦ブランドである「ヴィニュロンズ・リザーブ」のワインがつくられていますが、私の骨のカルシウムが加われば、その年以降のヴィンテージはおいしさも一段と増すに違いありません。ですからこのワインは「玉村豊男粉骨砕身畑」の特別バージョンとして、ふつうのリザーブより少し高く売ってもいいかな……とも思うのですが、そこまで遺言で指示するのは行き過ぎでしょうか。

この本は病気自慢がテーマなのに、話は最初から死後に飛んでしまいました。本当は、病気や事故の話をひと通りした後にこのことを書こうと思ったのですが、いつ死ぬか、明日死ぬかもわからない……と考えたとき、一日でも早く書いておいたほうがよいと気がついて、前倒しすることにしたのです。

吐血——数え四十二歳の厄年に大吐血をしたこと

一九八六年の二月十三日、軽井沢の自宅で、私は突然大量の吐血をして、救急車で佐久総合病院に運ばれました。交通事故は別にして、吐血するまでは病気とはほぼ無縁の生活を送ってきた私にとって、思えばこれが「病気自慢」人生のはじまりでした。

その日、私は前の晩から書いている原稿の続きを、軽井沢の自宅二階の書斎で書いていました。三日前に約一週間の鹿児島への取材旅行から帰ったところで、その旅行記を原稿用紙四十枚、この日までに書き上げる必要がありました。旅行から帰ったその晩から、まず連載コラムを三本書いて二十一枚の原稿を雑誌社にファックスで送り、それから旅行記にとりかかったのですが、前日は近くのテニスクラブで四時間もテニスをして遊んでしまったので、半分徹夜で追い込んで、なんとか昼前にほぼ書き終えるところまでたどり着きました。

いまの私は朝早く起き、仕事の大半は午前中に終えてしまいますが、当時の私は夜型で、夕食が終わってからがおもな仕事時間でした。料理は私の担当なので、テニスクラブから帰ってくると（軽井沢ではほぼ毎日、数時間はテニスをしていました）すぐ台所に立って夕飯の支度をはじめ、料理ができるとそれに合わせてワインか日本酒か紹興酒を飲みながら、ゆっくり食事を楽しんだ後、後片付けは妻にまかせて私は二階に上がります。

それから四～五時間、こんどはグラスの中身を蒸留酒に替えて、飲みながら原稿を書くのです。物書きの中には、一滴でもアルコールが入ったら原稿は書けない、という人がいます。そのかわり、音楽をかけながら原稿を書く人がいる。私の場合は、音楽が流れていると原稿が書けないけれども、お酒はいくら飲んでも大丈夫、という派です。ただ、ワインとか日本酒とかの醸造酒を飲むと気分が弛緩してしまい、仕事をやる気が出なくなる。だから醸造酒は食事の最中に飲むだけにして、書斎では蒸留酒に替えるのです。

ウィスキーやブランデーより、ジンとかラムのほうを好んで飲んでいました。氷を入れた大ぶりのグラスにジンかラムを注ぎ、ライムかレモンの小片を落として、たっぷりの炭酸を加える。これをチビチビやりながら原稿を書きはじめ、お代わりをするごとに濃くしていくので、最後はほとんど炭酸のないオンザロックのようになる……そんなふうにして蒸留酒のボトルを二日か三日で一本は空けていました。午前零時を過ぎて、グラスが五杯目かそこらになると少し酔いを感じはじめますが、ちょうどその頃に予定していた枚数を書き終える、というのがいつものペースでした。

その日は、少し酒が残った状態で目覚めました。明け方まで机に向かっていたので、酒量も多くなっていたのでしょう。それでも原稿を書くのに不都合はなく、四十枚の旅行記をほぼ書き終えたのが、午前十一時過ぎでした。

そこで、私は机を離れ、階下に下りていき、きのうの飲み残しの赤ワインをグラスに注ぎました。妻は買い物に出かけたまま、まだ帰ってこないので、ひとりで昼食の前に一杯やりながら、出来上がった原稿を推敲《すいこう》しようと思ったのです。

で、机に戻って原稿用紙の前に座り、赤ワインを飲みはじめたら……なんだか急に気持ちが悪くなりました。お腹の中が、誰かの手で掻き回されているような、これまで経験したことのない気持ち悪さでした。

私は、お腹を抱えながら、階段を下りたところにあるトイレに急ぎました。そしてズボンを下ろして便器にまたがり、下痢をするのかな……と、思った次の一瞬、それはほんの一瞬だったと思いますが、私は気を失ったようでした。次の瞬間、気がつくと、さっきまでの気持ち悪さはウソのようになくなっていましたが、そのかわり、目の前の壁が真っ赤に染まっていたのです。

小さなトイレなので、便器に座ったときの顔の位置から正面の壁までは、一メートルもなかったと思います。気持ちが悪くてトイレに入ったのですから、私は最初は下を向いていたのではないかと思います。それが、顔のほぼ真正面の壁に大量の鮮血の跡がついている……ということは、血を吐くときに一瞬私は顔を上げたのだろうか。吐血した直後に、そんなことを考えたのを覚えています。そのときはまだ事の重大さに思い至らず、目の前の真赤な壁を見ながら、それまでの胃袋の不快感がウソのように消えて、なんとも晴れやかな清々しい気分になっていました。

あとから病院で聞いたら、このとき私が吐いた血の量は二リットル以上だろうと言われました。成人男子の総血液量は四～五リットルで、その半分を失うと死ぬと言われているので、本当にギリギリのところでした。

私はトイレを出ると、階段をはさんですぐ前にある浴室に、這いながら移動しました。立ち上がろうとしたらふらふらするので、膝と手で浴槽のところまで這って進み、着ているものを脱ぎ捨てて、シャワーを浴びました。そして返り血を浴びた衣類をその場にまとめ、裸のまま階段を這い上がって、二階へ行く途中にある踊り場に続く寝室のドアを開け、パジャマに着替えてベッドに横たわりました。そのときまでは、きっと興奮していたからでしょう、寒さも感じず、そのくらいのことができる体力も残っていたのです。

私は枕もとに置いてある電話で、とりあえず数日先までの仕事のアポイントやレストランの予約をキャンセルし、体力が回復するまでどのくらいかかるだろうか、と考えていました。私はまだそれがどの程度大変なことかを認識しておらず、ただこうして休んでいればそのうちに治るだろう、と高を括っていたのです。

階下の玄関で音がしました。買い物に出かけていた妻が帰ってきたようです。私はありったけの力を振り絞って、大きな声で、トイレを見ないでそのまま階段を上がってくるようにと言いました。私の声を聞かないうちにあの鮮血を見たら、びっくりして卒倒するかもしれません。だから余計な心配をかけないように声をかけたのですが、寝室に入ってきた妻は、血の気の引いた私の顔を見て、私より先に事の重大さに気づいたようでした。

妻が知り合いの医者に電話をすると、救急車を呼ぶように言われました。すぐにではなく、保険証や衣類や洗面用具など、入院のための準備をしてから呼ぶように、という指示だったので、手早く準備をしてから通報をすると、ほどなく救急車のサイレンが遠くから聞こえてきました。

救急車が到着したときには、私はもうすっかり脱力した状態で、自分の力では起き上がることもできなくなっていました。大柄な救急隊員が担架を持ってせまい階段を上がってきて、私のからだを乗せて救急車まで運んでくれました。救急車に乗るのは四年前の交通事故に次いで二度目ですが、前回は頭部だけの怪我だったので同乗の友人といっしょに座席に座って行きました。が、今回はひとりだけ、仰向けに寝かされての出発です。相変わらず、弱々しいけれども清々しい気分でした。

寝たままの姿勢から、窓の外の景色が見えました。といっても、見えるのは窓ガラスの上のほうを移動していく、木の天辺にある梢ばかりです。軽井沢の別荘地の、どこまでも続く林道を通り過ぎていく救急車の窓から見える、急速に移動する黒い梢の先端。それはふだんの生活では見ることのない、不思議で美しい光景でした。私はいまでも、芽吹きの季節が来る前の黒い裸木《はだかぎ》の枝が葬列のように走っていく、あの光景をはっきりと覚えています。

メンチカツ――出血があってもカツを食べて平気な胃袋のこと

救急車で運ばれた先は、佐久総合病院でした。佐久市臼田にあるこの病院は、戦後早くから農村医学の中心として地域医療を支えてきた大型病院ですが、いまは先進的な高度医療も手がける長野県東部地域の基幹病院となっています。体内の血液の半分を失う吐血だったので、他の病院では手に負えないと判断されたのでしょう。

病院に着くと、まずは緊急輸血です。このときの血圧やヘモグロビン量などのデータはもうすっかり忘れましたが、相当あぶない状態だったので、最初から何パックか輸血をしたはずです。極端な貧血以外、ほかに悪いところはなかったので、あとはただ病室のベッドに横たわるだけでした。

輸血で小康を得てからは、さまざまな検査がはじまりました。レントゲン、胃カメラ、超音波……覚えていませんがCTやMRIもやったはずです。でも、吐血の原因はわからなかった。胃には潰瘍も穿孔《せんこう》もなく、ただ表面の粘膜に発赤《ほっせき》がある、ということでした。鮮血を口から吐いたので、食道の静脈瘤も疑われましたが、とにかく食道にも肺にも腸にもなんの痕跡もないのです。原因はわからないが、しかし胃袋にはまったく痛みを感じないので、最初の何日かが過ぎると食事は普通食になりました。

輸血で血液量が確保されたとはいえ、あとは自力で赤血球やヘモグロビンを増やさなければいけないと、出された食事はすべて平らげるようにしていました。ようにしていた、というより、腹が減ってしかたがないので、いつものようにガツガツ食べていたのです。ある日、私がベッドの上で夕食のおかずのメンチカツを頬張っていると、たまたま病室に入ってきた担当の医師がそれを見て、

「玉村さん、そんなに急いで食べないでください、もっとゆっくり食べて」

と、咎めるように言いました。

そう言われても……現にメンチカツが、病院食として出されているんですから。出されたものはなんでも食べる、というのが私のつねに変わらぬ態度であり、ふつうの人より食べるスピードが速いのも私の性癖なので、これぱかりは変えようもありません。そもそも急いで食べるとどうしていけないのか。きっとその医師は、吐血してから間もないのだから、もっと慎重に、おそるおそる食べるのがふつうじゃないか、と思ったのでしょう。吐血をして真っ青な顔で運び込まれてきた患者が、輸血したとたんにメンチカツをガツガツ

食べているのですから、医師が驚いたのも無理はありません。

しかし、傷んでいる胃袋に余計な負担をかけるのはいけない、というのなら、最初からメンチカツなんか出さなければよいではないか。カツであれ、シチューであれ、天ぷらであれ、そんな患者に普通食を出す病院のほうが間違っている……。

と、ちょっとクレームをつけたくなるところですが、よく考えてみれば、そんな状態でメンチカツを食べてもお腹が痛くならない私のほうにも、非があったのかもしれません。

私は、おとなになってからは、お腹が痛い、という経験をした記憶がないのです。なにかを食べて腹痛になったとか、腹をこわしたとか、気持ち悪くなった、という記憶が、まったくない。タイやインドに行ったときに辛いものを食べて下痢をする、ということはありますが、それも一日だけの通過儀礼で、あとはふつうに戻ります。食べ過ぎて苦しくなることはあっても、食欲がなくて食べられないとか、無理に食べて胃がもたれるとか、そういう感覚もわからないのです。が、このように鈍感な「鉄の胃袋」をもっていることは、自慢してはいけないことでしょう。そのために、気づくべき異常に気づかないことがあるのですから。

先生の忠告を聞き流して、私は相変わらず出された普通食を毎回完食していました。が、そのうちに、ベッドから起き上がって、スリッパをはいて立ち上がろうとするとき、ときどき立ち眩みを感じることに気づいたのです。立ち眩みがするのは、かならず食事を済ませてから少し時間が経った頃でした。

原因が不明なので特別の治療をするわけではなく、ただ、ヘモグロビンの量が回復するのを計測しながら待つだけなので、一日に何回か血液を採って調べていました。私は看護師に頼んで医師からそのデータをもらい、自分のノートに書き写していました。あのメンチカツをガツガツ食べて叱られた日から、何日か続けてその変化を見ていると、食事の数時間後に採血したときのヘモグロビン量が、食事前に採血したときより明らかに減っているのです。それに気づいてから、トイレで自分の便を観察すると、たしかに黒っぽくなっていたので、私の判断は間違っていないだろうと思いました。

私は数日間データを集めてから、担当の医師に、食事をするたびにヘモグロビン量が減るのは内出血しているからではないかと言い、私が記録した増減のグラフを見せながら、しばらく絶食にしてくれるように頼むと、医師はそれを見て、玉村さん、いいところに気がつきましたね、と誉めてくれ、すぐに絶食を指示しました。

もう三十年以上も前のことなので、いまではだいぶ記憶があやふやになっていますが、退院した直後だったか、まだ記憶に新しい頃、この出来事を原稿に書いたことがありました。なんの雑誌に載ったのかは忘れましたが、この先生はその原稿を読んだらしく、クレームの手紙を送ってきました。とくに戯画的に書いた覚えはないのですが、患者に指摘されるまで気がつかなかったと言われては、医師の沽券《こけん》にかかわると感じたのでしょう。私のほうも、少し挑戦的に書き過ぎたかもしれないと、いまでは反省しています。

私たちは、医師と医学のお世話になっています。私が「病気自慢」をしながらもこの歳まで生き永らえているのは、これまでに私を診てくださった何十人もの先生たちのおかげです。が、どんなに優秀な先生でも、私たちのからだが刻んできた過去の歴史も含めて、すべてを把握できるわけではないのです。「自分のからだは自分がいちばんよく知っている」といって医師の言葉に耳を傾けない頑迷さは危険を招きますが、逆に、なんでも医師まかせにして自分の体感を信じないのも、大事な症状を見逃すことに繋がります。医師や医学の力を借りながら、自分のからだは自分で治す……。その強い意志をもつことがなによりも大事だと、私はこのときから学びはじめました。

病気の原因——医者の考える原因と患者が知っている原因は異なること

絶食にしてもらってからは、点滴を続けていたのですが、それではなかなか体力が回復しない。かといって、どんな検査をしても胃にも腸にも食道にも異常が見つからないので、医師としてもほかには手の打ちようがないようでした。

入院の知らせを聞いて東京から飛んできてくれた友人が、その後も何度もお見舞いに来るうちに、いっこうに回復しない私を見て、病院を変えたらどうだ、と私に奨めます。彼は東京の出版社で編集の仕事をしていて、いい病院を知っているから紹介してやる、というのです。私は、かならずしも東京の病院が地方の病院より優れているとは思っていないのですが、このままでは埒《らち》が明きそうにもないし、それなら気分転換にもなるだろうと、彼の言葉にしたがうことにしました。

当時は、入院中の患者が転院を希望するのは、その病院にとってはうれしくないことなので、申し出には強い抵抗を示すのがふつうでした。そのため手続きには時間がかかりましたが、友人が紹介したいという先生は医学界でも高名な学者だったこともあったのでしょうか、なんとか転院が実現しました。点滴をつけたまま、大型ハイヤーをチャーターして、佐久から東京まで横になりながらゆっくり移動した先は、白金台の、東京大学医科学研究所、通称「医科研」の附属病院でした。

医科研の病院は、正門（表門）が白金台と目黒駅を結ぶ目黒通りに、裏門（西門）が外苑西通りに面しており、緑に溢れた庭園に囲まれた、クラシックな堂々たる建物の素敵な病院です。

外苑西通りはその後「プラチナ通り」と呼ばれてお洒落なショップやレストランが続々とできましたが、その頃はまだ住宅街の雰囲気そのままの静かで落ち着いた環境でした。病棟はその後新しくなったようですが、私が入院したときは古い建物が昔のまま保存されていて、私が入った特別室は、そこだけ庭の中に突き出ていて三方のガラス窓から緑が見える、由緒あるホテルの一室のようでした。

友人のはからいで私は特別扱いを受けたらしく、病棟の入口前でハイヤーから降ろされると、そこには畏れ多くも高名な院長先生が出迎えにいらしているではないですか。私は用意された車椅子で、特別室へ。そのとき私は、あれー、この部屋って、いったいいくらかかるのかな……と心配になりましたが、さすがに口には出せませんでした。

医科研には、一九八六年の二月二十四日から四月四日まで、四十日間入院しています。いったん退院した後、輸血後肝炎にかかっていることが判明して呼び戻され、四月二十八日に再入院して五月二十一日まで、また二十四日間入院しました。結局、合計二ヵ月ほどをここで過ごしたことになります。

私たち夫婦は、軽井沢に引っ越す前、しばらく白金台のマンションに住んでいました。医科研から歩いて五分くらいのところです。このあたりは、都心から離れていて土地鑑のない人には（とくに地下鉄の白金台駅ができる以前は）不便に思われる場所ですが、私たちにとっては居心地のよい土地なのです。が、軽井沢に引っ越したのにまた白金台に舞い戻ったのは、もちろんまったくの偶然です。医科研病院に二ヵ月も長居をしたのも、決して居心地がよかったからではありません。

最初の四十日間の入院では、また、ありとあらゆる検査を受けさせられました。食道、胃、腸、喉頭や気管、肺から肝臓から、痔まで調べられましたが、最初の吐血と結びつく証拠はどこにも発見できませんでした。

そして、そんなことをしているうちに、またしても胃の内出血がはじまってしまったのです。こんどはメンチカツも食べてないのに……。

佐久総合病院から医科研には「原因不明」として引き継ぎがされたのでしょう、医科研でも、いろいろな医師からさまざまな質問をされました。

いちばん多かったのは、「玉村さん、外国で何かヘンなものを食べたんじゃないですか」という質問です。三人くらいの医師から聞かれました。

私が外国をあちこち旅行して食や料理の原稿を書いていることを知れば、そう聞きたくなるのもわかります。佐久総合病院であれほど調べてわからないのですから、きっと検査では発見できない原因があるに違いない、と考えても無理はないでしょう。実際、外国で肝炎ウイルスに汚染されたものを食べて肝炎になるケースは（とくにA型肝炎の場合）少なくありません。

映画評論家の荻昌弘さん（一九二五～八八）……といってもいまの若い人は知らないかもしれませんが、一九六〇～八〇年代にかけてテレビの映画番組の解説者として活躍すると同時に、料理に関する多くの著書をもつ食いしん坊として知られていました。荻先生は軽井沢の別荘で執筆することが多かったので、当時軽井沢に住んでいた私たちはご夫妻と親しくさせていただいたのですが、彼はグルメという言葉が嫌いで、名店の料理を批評するより、裏通りのふつうの店に入り込んで美味を見つけるのが得意でした。もちろんゲテモノも厭わず、とくに外国に出かけたときは、ちょっと危なそうなものまで試してしまう好奇心の塊でした。その先生が、私に打ち明けるように言いました。「玉村さん、実は、ぼくの肝臓は虫に食われているんだよ」

肝吸虫は、東アジアの淡水魚を宿主とする寄生虫。肝ジストマとも呼ばれます。幼虫は肉眼では見えないので、知らずに食べてしまうと肝臓の胆管に住みついて約一ヵ月で成虫になり、産卵して増殖する。成虫は二十年生きると言われ、放置しておくと気がつかないうちに肝臓が食い荒らされ、やがて肝硬変に至る……という虫です。早く発見できればいまはよいクスリがあるので完治するそうですが、荻先生の場合は手遅れだったのか、私がその話を聞いてからまもなく、肝不全で他界されました。

肝吸虫の幼虫は加熱すれば死にますから、淡水魚も生で食べなければ問題ありません。が、東南アジアの国にはモツゴやタナゴなどの刺身を香草とライムで賞味する習慣がありますから、うっかり食べてしまう危険性は誰にでもあるでしょう。私も似たようなものを食べたことがありますし、インドでも中東でも平気で生水を飲むなど、「外国で何かヘンなものを食べた」経験は数多くあるので、医師の質問を否定することはできませんでした。が、さいわい私の場合は（大量のトウガラシを食べた翌日に下痢をする場合を除けば）外国でお腹をこわしたことは一度もありません。

結局、さまざまな検査をしたものの決め手はなく、カルテの病名欄には「上部消化管出血」と書かれているだけでした。胃から出血したことはたしかなようで、医師からは、胃の全体が雑巾を絞るようにギュッと一瞬だけ捻《ねじ》られて、すぐ元に戻った……というような経過ではないか、と言われました。だから穿孔も潰瘍もなく、胃の表面の全体に発赤が見られるだけだったのでしょう。ただ、相当強く絞られたので、傷んだ表面の毛細血管からその後も何度か出血が繰り返されたのでした。

医者が探そうとしている原因は、器質的な、あるいは物理的な、具体的に確認できる異常を意味します。からだの中からの出血なら、食道に裂傷があるとか、静脈瘤が破裂したとか、胃に潰瘍があるとか腸に憩室やポリープがあるとか、あるいは痔が切れたとか、この場所が出血の原因だ、と指し示すことのできる箇所を特定することが、原因を見つけた、ということになるのです。

このときの吐血では、さまざまの検査により胃から出血している（他の場所からの出血はない）ということだけはわかったが、胃には穴もなければ爛《ただ》れもない。雑巾を絞るように撚《よ》れた……らしいといっても、その瞬間を映像で確認できたわけではありません。だから、結論は「原因不明」となるのです。

しかし、私には、吐血の原因はうすうすわかっていました。連日の長時間のテニス、大量の飲酒、徹夜の執筆、ハードなスケジュールの出張。それに、東京から軽井沢に引っ越して三年近く経ち、これからの仕事をどう展開しようか、このままでいいのか、それともフランスにでも住んで環境を変えてみようか。一生借家住まいで自由に暮らそうと思っていたのに、土地を買って家を建てたために、二十年先までローンを返さなければならなくなった。いまさらそんなありきたりの人生に絡め取られたのも癪《しゃく》でした。

とりあえず、ひとりになって考えるために、東京に小さなマンションを借りて、誰にも知られない「隠れ家」をつくろう、と思い立って、赤坂の物件を不動産会社と契約し、インテリアショップの担当者と内装の相談をする予定の前日に、私は血を吐いたのでした。吐血して清々しい気分になったのは、それらのストレスのすべてから、一瞬にして解放された安堵感によるものでしょう。

医者の考える「原因」と、患者が知っている「原因」は違います。病気の原因はかならずしも物理的なものだけでなく、その人の人生の中にも隠されているのです。医者には医学知識がありますが、私の人生については知りません。

佐久総合病院でも東大医科研でも、あらゆる検査をやったが「原因」はわからず、内出血も止まりませんでした。

入院中の下血（胃からの内出血は便に混じって出ます）は何回かあり、そのたびに輸血を繰り返しました。

緊急入院してすぐに二リットル以上の輸血をおこない、その後も同じかそれ以上の量を輸血したので、人間の体内にある血液の量が四〜五リットルだとすれば、からだじゅうの血を全取っ替えしたようなものです。よく、からだの血が入れ替わると性格が変わる、という人がいますが、そんなことはなかったようです。

下血がなかなか止まらず、危ない状態になったことがありました。いくら輸血しても排出されるので、必要な血液量が保てず、血中酸素濃度もギリギリまで低下します。

その日、たしか時刻は夕方から夜になるくらいだったと思います。私はベッドで寒さに震えながらただ横たわっていたのですが、付き添っている医師や看護師の動きが慌しくなり、何人かが私の病室に急いで駆けつける足音が聞こえて、病院中が騒がしくなるようすがなんとなくわかりました。このとき、妻は別室に呼ばれて、今夜がヤマですが、最悪の場合も覚悟しておいてください、と医師から言われたそうです。

はっきり覚えていないのですが、その少し後、私はストレッチャーに乗せられて別の処置室に運ばれたのだと思います。

血が少ないので、からだが寒くてたまりません。私は首元に毛布をかき集め、足を曲げて縮こまっていましたが、足の先のところが少しだけ、毛布の外に出ていたようでした。誰かに訴えようと思っても、声を出す元気もありません。

と、そのとき、すっと私の足もとに、毛布をかけ直してくれた人がいました。ストレッチャーに付き添っていた看護師さんです。

ああ、ありがたい、暖かくなった……私はホッとして、寝たままの姿勢から左目を開けて盗み見ると、やさしそうな顔をした細面の美人がそこにいて、胸の名札には「鳥海」と書いてありました。

鳥海さん……。顔を見たのはそのときだけで、結局退院するまで会ってお礼を言う機会はなかったのですが、いまでもその瞬間の、足の先が毛布に覆われる感触と、彼女の清純な顔立ちと、頭に浮かんだ「看護師は天使の職業」という言葉をはっきりと覚えています。

輸血——からだ全体の血液を入れ替えたこと

　その頃、私はテニスに凝っていました。軽井沢の家から自転車に乗れば十分もかからないところにテニスクラブがあったので、毎日のように通ってレッスンを受け、集まってくる仲間たちとゲームをして過ごしていました。平日の昼間にやってくるのはほとんどが主婦たちで、その中にひとりだけ混じった男性の私は、ペンションをやっているんですか、とよく聞かれました。たしかにペンションのオヤジでもなければ、昼間から遊んでいられるヒマな男はいないでしょう。

　レッスンとゲームを終えて帰ってくると、また電話で呼び出されます。ダブルスの試合をするのに、ひとりメンバーが足りないから戻って来い、というお誘いです。私も嫌いではないのですぐ誘いに乗り、急いで引き返すと三人のオバサンが待っています。常連の、手ごわいクラブメンバーたち。彼女たちは、ヘタな男性のパートナーをいじめるのが大好きです。ドンマイ、ドンマイ、とミスを繰り返す私を励ます振りをして馬鹿にしながら、大笑いで二時間ほど。女性たちだけだとマジになり過ぎてストレスが溜まるけれど、私のような男性が混じると雰囲気が和むのです。だから午後の遅い時間になるといつも私にお声がかかりました。

週に五日、一日五時間。テニスをはじめたのは軽井沢に引っ越してから、家の隣に民宿の貸しコートがあったので友人が来たときにラケットを握ったのが最初ですが、最初の二年間くらいは本当によくテニスをやりました。私が血を吐いて倒れたのは、いちばん夢中になってテニスをやっていた時期でした。最初の二年間くらいは……と言いましたが、テニスをはじめた日から吐血で中断するまでが約二年間、という意味です。

貧血で寝ているときは、おとなしくしている以外に方法はないので、さすがにテニスをやりたいという気持ちは起こりません。が、ありとあらゆる検査をやったが結局原因はわからず、それでもいちおう内出血はおさまって病状が安定すると、そろそろラケットを握りたい気分になってきます。このぶんだと、退院の日もそう遠くないだろう。それなら少しトレーニングをして、復帰の日に備えておかなければ、と思った私は、家人に頼んで家からテニスボールと愛用のラケットを持ってきてもらいました。もちろん、医師や看護師に見つからないように。

医科研の屋上には、ちょっとした運動スペースがありました。天気のよい日には、軽い散歩や日光浴をする患者の姿が見られるところです。が、私はなるべく人がいない時間帯を選び、ラケットをパジャマの下に隠し持って屋上に上りました。以前からひそかに観察していたところによれば、屋上の一角には建物の一部がレンガの壁になっているところがあって、ちょうど壁打ちによさそうだったのです。

ひさしぶりにラケットを握るのはよい気分です。でも、長いあいだ寝ていたのでフラフラします。秘密のトレーニングがバレないよう、疲れが出ない程度に、毎日少しずつ時間を盗んで屋上に上がりました。

が、ふつうなら日数を追うごとに動きが軽くなってくるはずなのに、五日経っても六日経ってもパフォーマンスが改善しません。どうしてかなあ、と思いはじめた頃、退院の日程が決まりました。医科研に転院したのが二月二十四日、退院が四月四日。その前の佐久総合病院の十一日間と合わせると、合計五十一日間の入院生活でした。

退院して週末に軽井沢の自宅に帰ると、翌週から早速テニスを再開しました。四月十一日に二時間、十三日に三時間。しかし、もうからだは治っているはずなのに、なんとなく調子が出ません。ちょっと動くと、すぐに疲れてしまいます。やっぱり、長い病院生活のあとだからしかたないか……と思っていたら、その次の週に、病院から電話がかかってきました。「輸血後肝炎の疑いがあるので、再入院してください」

退院の翌週に受けた外来診察の血液検査で、肝機能を示す数値が高くなっていたことがわかった、というのです。溜まっていた仕事を少し片付けてから、四月二十八日、私は懐かしい医科研病院に舞い戻り、また一ヵ月近い入院生活を送ることになりました。

再入院する頃には、すでに黄疸の症状が出はじめていました。

黄疸になると、最初は眼の白目がやや黄色くなっているのに気づき、小便をしたときに見ると、尿の色も濃くなっていることがわかります。進行すると、尿の色は黄褐色からしだいに焦茶色に近づいていきます。入院して最初にやることは、トイレに行くたびに容器を渡され、自分の尿をそこに溜めて提出することでした。

あれだけの回数、あれだけの量の輸血をすれば、輸血後肝炎にかかるのは当然といってよいでしょう。当時はまだC型肝炎のウイルスが発見されていなかったので、輸血を受ければ十人に一人は肝炎にかかる、と言われていたのです。病院では当然それを予測していたに違いありませんが、感染しても潜伏期間があるので、退院後の血液検査までは数値にあらわれなかったのだと思います。ふつうC型肝炎の潜伏期間は一～三ヵ月とされていますが、私の場合は約二ヵ月ということになります。

輸血用の血液というのは、献血などで一般から集めたものを混ぜてパックに詰めているのでしょう。十人に一人が感染する、ということは、一パック三〇〇CCの血液が十パックあれば、そのうちの一パックには肝炎ウイルスが入っている、ということになると思います。それなら、私は確実に十五パック以上は使っていますから、それだけ確率は高くなるわけです。それに、クジ引きなら十人に一人では当たらないが、肝炎だったら当たるかもしれない……と、自分では悪いほうの結果を予測していたので、屋上の壁打ちでパフォーマンスが改善しないのも、退院後の再開でいまひとつ調子が上がらずすぐに疲れてしまうのも、そろそろ肝炎の症状があらわれてきたせいではないか、と疑っていたのです。だから、病院から電話があったときは、やっぱり……とガックリしたことはたしかですが、自分自身の体調から病気の予測ができたことを、ちょっぴりうれしく思う気持ちもありました。

私が吐血・下血・輸血の「三血」（と呼んでいるのは私だけですが）を経験したのは一九八六年ですが、その三年近く後に同じことを経験されたのが昭和天皇です。

昭和天皇は一九八八年九月十九日に六〇〇CC吐血して八〇〇CCを輸血。その後十月から十二月にかけて吐血と下血を繰り返し、何度も輸血を受けました。

私はそのニュースを見ながら、天皇陛下に血液を差し上げるのは、ピッカピカに健康な選ばれた若者たちなのだろうと想像していました。当然肝炎になっても不思議ではない量の輸血をされているわけですが、もし輸血後肝炎が発症したとしたら、きっと責任問題になるでしょうから。が、C型肝炎の潜伏期間が終わるか終わらないかの一九八九年一月七日、陛下はお亡くなりになりました。

C型肝炎ウイルスの抗体が発見され、輸血用の血液がスクリーニングされて安全になったのは、まさにこの年、一九八九年からなのです。陛下の崩御はその直前、私の「三血」は三年早過ぎました。そのためにこの後三十年間にわたって私は慢性肝炎と付き合う羽目になったのですが、これから先の話は長くなるので稿を改めます。

交通事故――バーベキューに行く途中でクルマが横転したこと

私が病院に入院するという経験をしたのは、交通事故のときが最初でした。それは同時に、救急車初体験でもありました。

一九八二年十二月十五日、私は雑誌の編集者が運転する乗用車に同乗して、中央自動車道を八ヶ岳方面に向かっていました。山麓にあるペンションで、野外料理の撮影をするためです。カメラマンは一足先に現地入りしており、クルマには私と編集者のほか、コーディネーターとスタイリストの男女二名が乗っていました。

遅刻する者がいて出発がやや遅れたため、編集担当の運転手は時間を取り戻そうと急いでいたようです。都内を抜けて高速に入ると、クルマのスピードが一気に上がりました。コーディネーターの男性が助手席に乗り込み、私はその後ろの座席、スタイリストの女性が私の右隣に座りましたが、当時のクルマは、後部座席にはシートベルトが備わっていませんでした。助手席の男性も、ベルトをしないでからだごと後ろを振り向いて私に話しかけてきます。

クルマが相模湖に近づくと、スピードは危険を感じさせるほどになり、車体が不安定に揺れはじめたので、助手席の彼はようやく前を向いて座り直し、ちょっとスピードを緩めてくれよ、あんまり飛ばしたら危ないぞ、と運転手に声をかけました。後部座席の私たちも、少しくらい遅れてもいいから安全運転で行ってくれるように頼みました。が、揺れがさらに激しくなり、クルマが蛇行しはじめたのは、それから間もなくのことでした。

クルマが尻を振りはじめると、あっというまに蛇行は大きくなり、その勢いで中央分離帯の土手に上っていきそうになりました。何回目かの蛇行で、とうとう本当にクルマは土手を上りはじめ、私たちは横転を覚悟しました。

このまま行くと、数秒後にはクルマが横転する。そう思ったとき、私は眼鏡を外して、両手で顔を覆いました。二本の腕を顔の前で交差させ、その腕と額を前の座席の背に押しつけて、両手の指で背もたれを摑みました。眼鏡は右の手で持っていたのだと思います。そうして、襲ってくるであろう衝撃に備えたのです。

いまでも覚えているのですが、これからも人前に顔をさらすことの多い仕事だから、顔を傷つけてはいけない、と、私はその一瞬、考えたのです。で、そう思った瞬間、女優でもあるまいし、男が顔を気にするなんておかしいな、と思って笑いそうになりました。そして、まさに笑いそうになったそのとき、からだが大きく回転する感覚を覚えて、そのまま記憶を失いました。

気がついたときは、クルマは一回転して、もとの車線に着地していました。

気を失っていたのは、数秒間くらいだったかもしれません。ドンッ、と道路にクルマが打ちつけられた衝撃で我に返り、呆然としていると、助手席の彼が両手で頭を押さえながら私を振り向きました。指のあいだから血が流れています。どうやら、頭からフロントガラスに突っ込んだようでした。

「おい、凄い血だぞ、平気か?」

私がそう聞くと、彼は私を見ながらこういいました。

「玉さん、耳が千切れそうだよ」

手で触るのが怖いので、ガラスに映してようすを見ようと思ったのですが、どのガラスにもひびが入っていてはっきり映りません。もっとよく見ようとドアのほうを向いたとき、べったりと血のついた自分の左肩が見え、冷たい血の感触にもようやく気がつきました。

「ここ、ここへ来れば見えるよ」

助手席の彼に促されてクルマを降り(ドアはなんとか開きました)、唯一壊れていない助手席の三角窓に顔を映すと、左の耳たぶが半分切れてぶら下がっているではないですか。助手席の彼のほうも、細かいガラス片が額に食い込んで出血が止まりません。

　衝撃でトランクが開いて、中に積んだ荷物の一部が道路に散乱しています。私たちは、その中にティッシュペーパーのロールがあるのを見つけ、それを巻き取って患部に押し当てて血を押さえながら、とりあえず後続のクルマの邪魔にならないよう、路肩まで移動して舗道の縁に腰を下ろしました。その頃から、ようやく、ズキンズキンという痛みを感じはじめました。それまでは興奮していて、耳が切れたことにも血が流れたことにも気づかず、痛みさえ感じなかったのです。

　ドライバーは、シートベルトをしてハンドルをしっかり握っていたので、クルマが一回転してもまったく無傷でした。彼は後部座席で気を失ったままの女性を起こしてクルマの外に出し、すぐにあちこちに電話をしたようでした。

　路肩に座って救急車の到着を待っていると、スピードを落として事故現場のわきをすり抜けていく後続車から、

「大丈夫ですか」

「警察に連絡しましょうか」

と、次々に声がかかります。私たちが笑顔でそれに応えながら、だんだん増してくる痛みに耐えていると、しばらくしてクルマが止まり、人が降りてきました。救急車かと思ったら、ＪＡＦの事故処理班でした。救急車が着いたのは、それから三十分ほど経過した後のことです。

救急隊員は、ストレッチャーの用意をする前に、しゃがんでいる私たちに人定質問をはじめました。氏名は？　住所は？　行き先は？　そんなことはどうでもいいから、早く運んでくれればいいのに……と思いながら、他のメンバーの聞き取りが終わるまで、足元に落ちていた壊れた自分の眼鏡を拾い、じっと見詰めながら待ちました。実際にはそれほどでもなかったかもしれませんが、とてつもなく長く感じられた時間でした。

眼鏡は金属のフレームがひしゃげていて、割れたレンズには血がついていました。私はこれもよい記念になるかと、救急車の中に運ばれたときベンチの隅に大事に置いたのですが、その後のバタバタの中で持ち出すのを忘れてしまったのがいまでも心残りです。

緊急手術——用意のいい患者だと看護師から誉められたこと

救急車で運び込まれた高速道路沿いの救急病院は、まるで野戦病院のような雰囲気でした。絶えずサイレンが鳴り響き、次から次へ怪我人が運び込まれてきます。私も救急車から降ろされると、ストレッチャーに乗せられたまま緊急手術室に直行です。

怪我は、左耳の裂傷と、右前頭部の挫傷でした。クルマが土手を上った勢いで一回転する間に、まず天井に頭がぶつかって右側の額が挫傷し、次いで左側頭部がセンターピラーに打ちつけられて、耳たぶが切れたのです。手術室に入ったとき、耳たぶの下半分はかろうじてぶら下がっている状態で、ちょっと引っ張ればそのまま切れてしまうところだったと聞きました。

続々と運ばれてくる傷病者を迅速に処置する野戦病院では、医師も看護師も手馴れたもので、緊急手術といっても緊張感のカケラもありません。部分麻酔なので、手術台の上に横たわっていても、周囲の動きを視界の端に捉えることができました。すると、看護師と他愛ない冗談を交わして笑っていた医師が、スッと手を伸ばして看護師の尻にさわるのが一瞬見えたのです。

「あら、先生イヤだわ」

そういってあしらう看護師が決して嫌がってはいないことはわかりましたが、そんなことはどうでもいい、マジメに手術をやってくれ！


手術が終わると、頭を包帯でグルグル巻きにされて、いちおう縫合したけれども、元通りになるかどうかはわからない、と告げられてから、病室に案内されました。

手術の麻酔が切れはじめると、しだいに頭の全体が痛くなってきます。切れた耳はもちろん、前頭部の挫傷も鈍く痛み、ぶつけた左側頭部にも痛みを感じるようになりました。アドレナリンが切れて、一気に痛みが襲ってきた感じです。このあと数時間経つと私の顔は腫れ上がり、パンパンのムーンフェイスになるのですが、病室に入ったときはそこまで想像できませんでした。

とにかく、死ななかっただけありがたい。助手席の彼は前頭部の損傷、隣の座席の彼女は鎖骨骨折。私は耳がいちばん大きな怪我ですが、そういえば、手術が終わったとき、医師は、縫合したけれども元通りになるかどうかはわからない、と言ったあと、私とこんな会話を交わしました。

「耳たぶはなくなっても、音は聞こえますから。たいした不便はありませんよ」

「でも、先生、耳たぶがないと眼鏡がかけられません」

「最近は、いい擬耳ができてますから」

たしかに、耳ならその程度のことだろう。病院から一報を受けて留守宅から飛んで駆けつけてきた妻は、病院からの電話では、耳から血が出ている、としか伝えられなかったので、てっきり脳が損傷したに違いない、と思い込んで絶望したそうです。

クルマが一回転してくれたからよかったが、もし半回転だったら、真っ逆さまに屋根から地面に激突して、おそらく死んでいたのではないでしょうか。

中央分離帯が土手だったことも幸運でした。あとから知ったのですが、中央自動車道では、ちょうど事故現場のあたりだけが土手になっていて、あとのほとんどの箇所はガードレールで仕切られていたのです。ガードレールだったら、クルマはそのまま反対車線まで飛んでいき、大事故になっていたかもしれません。

後続のクルマがなかったのもラッキーでした。走行中、私たちのクルマは数台かたまって走っている車群の最後尾にいました。スピードを上げて、前の一団に追いついた、というところだったのでしょう、そのせいで、後続の車群は少し離れていたのです。一回転して着地した私たちのクルマの後ろから来た数台のクルマは、余裕をもって横をすり抜けていきました。

すべてがさいわいして、この程度の事故で済んだ。やれやれ、これから年末まで入院だろうから、仕事をキャンセルしてゆっくりできる……。

それもまたよしと思いながら、私は鞄からパジャマを取り出して着替えました。その日の晩はペンションに泊まるつもりだったので、お泊まりの用意をしていたのです。歯ブラシ歯磨きから髭剃り道具など、洗顔セット一式も揃っていました。

私はそれらをひとつひとつ取り出して、洗面台の棚にきれいに並べました。

そのとき、病室のドアが開いて、年輩の看護師が入ってくると、パジャマ姿の私を見てびっくりしたように言いました。

「あら、用意がいいこと。こんな患者さん、珍しいわ」

見舞い客――見舞いに来る友人たちに事故の状況を説明するのに疲れたこと

私は、救急車で直行した高速道路沿いの病院を、長いこと、福生《ふっさ》第一病院、と記憶していました。ところが、この本を書くにあたり、あらためて確認しようと思って地図で調べたら、そんな名前の病院はどこにも見当たりません。

中央自動車道の近くにある救急病院で該当しそうなのは、目白第二病院か、もしくは公立福生病院か。福生という地名だけははっきり記憶に残っているので、きっと公立福生病院に違いない……と思ってネットで検索してみたら、この病院は二〇〇一年に設立された新しい病院でした。

目白第二病院のほうは一九七二年の設立ですから事故当時には存在していましたが、もし福生市にある病院……という意味で私が地名と病院名を混同していたのだとすれば、福生にあるのに目白という地名がついている不思議な名前を記憶していないはずがない……と思うのですが、そもそも私の記憶がはっきりしないのだからそんな類推をしても意味がありません。曖昧な記憶のまま、病院名は不問にしておきます。

救急病院は病室をすぐに空けなければいけないのと、都心から離れていて家人が通うのに不便なので、この病院は二泊三日で退院し、紹介してもらった新宿の林外科病院に移りました。新宿御苑近くの外苑西通りに面した、評判のよい病院です。

今度は思いっきり便利な場所に転院したので、その日から見舞い客がひっきりなしにやってきました。友人、知人、編集者……軽井沢から工務店の社長も飛んできました。翌年の春に東京から軽井沢に引っ越す予定で、住宅ローンを組んで家を建てようとしていたのです。社長は私の顔を見るなり、

「アタマの中は大丈夫ですか？」

といって心配そうです。すでに十月に地鎮祭を終え、工事がはじまっていたのです。アタマの中までやられていたら、工事代金の支払いがパーになるかもしれません。

「一、二、三、四、五……わかりますか？　きょうは何曜日？」

「そのくらいわかりますよ」

私が交通事故で大怪我をしたというニュースが伝わると、みんな興味津々で集まってきました。大怪我といっても命にかかわるほどではないと聞けば、病気の見舞いよりも気楽です。それで、どんな事故？　どうなったの？

その頃にはもうムーンフェイスは治まっていて、患者といっても頭に白い包帯を巻いているだけなので、見た目はふつうに元気です。私は見舞い客のリクエストに応えて、ベッドの上に座って事故の解説をしなければなりませんでした。

「こう、走っているうちに、蛇行しはじめて……ちょうど中央分離帯が土手になっていてサ、そこに乗り上げて一回転したんだ。一瞬、記憶が飛んで、気がついたら……」

どうしても身振り手振りになるので、なにもないと間が持ちません。そこで、友人に頼んで、おもちゃ屋に行ってミニカーを買ってきてもらいました。私たちが乗っている黒い乗用車、JAFのサービスカー、それに救急車。後続のクルマの位置を示すために、赤い乗用車をもう一台。

「俺たちのクルマが着地すると、後から来たクルマがスッと脇をすり抜けていって……」

説明はヴィジュアルになりましたが、その分だけ忙しくなります。でも、これがウケたようで、噂を聞いて見舞いに来る客がどんどん増えました。

バラバラに来られると、そのたびに実演説明会をやらなければいけないので、三日目からは時間を決めて、一日に三回、途中に来た人には次の時間まで待ってもらって、聴衆が集まったところで実演をはじめました。

「バーベキューに行く途中だったから、肉や包丁を積んでいてサ、着地のショックで開いたトランクから荷物が飛び出して、道路には肉の塊が散乱してそのそばに包丁が……」

話がウケると、さらにウケを狙って、ついつい内容がエスカレートしていきます。バーベキュー用の道具や食材を積んでいたことはたしかですが、肉塊が道路に散乱したというのは作り話です。

私は九日間の入院のあいだ、ほぼ毎日実演をして、終わるとぐったり疲れました。病院の中で、私の病室がいちばん賑やかだったようです。

面会の時間が終わると、病室は静けさを取り戻します。あるとき、夜の静かな病棟に、犬の遠吠えのような、長く悲しげな声が響き、いつまでも続きました。明くる朝、廊下を掃除していたお年寄りのスタッフに、昨夜《ゆうべ》の音はなんだったのかと聞くと、

「あれはね、交通事故で脳をやられた患者さんでね、すっかり治って退院して、もう半年も経ったというのに、また症状が出て、きのうから入院しているんですよ。夜になると叫ぶんですねぇ。頭を打つと、そういうことがあるので、怖いですよ」

と言って、心なしか、ちょっと口元に笑みを浮かべたように見えました。

林外科病院はクリスマスに退院し、年末から二月の初めまで十六回にわたって通院して外来で治療を続けました。緊急手術は成功し、かたちはヘンになりましたがとにかく耳たぶはくっつきました。前頭部の傷は、挫傷のため皮膚が剝がれてなくなったので、両側から残っている皮膚を引っ張って繋ぎ合わせました。

出版社の公用で、運転手に過失が認められたため、補償金が下りることになり、外傷が完全に癒えた段階で審査を受けて、補償の等級が認定されることになりました。

耳は、補償の対象にはなるがもっとも低い評価です。耳たぶがなくても、眼鏡がかけられないこと以外にはさほど支障がないからです。

もっとも高いのは眼です。当然でしょう。顔の傷は、条件によって大きく異なり、未婚の若い女性の場合は相当高い。でも既婚とか歳を取っている場合は低くなります。私は事故のとき思わず顔を守りましたが、男性の顔にはほとんど価値がないそうです。

耳のかたちは、ヘンになったといっても、もともと人によって千差万別で、多少の形状の変化は評価の対象にならないと言われました。前頭部の傷のほうは、引っ張って皮膚が薄くなったために、赤い傷痕がはっきり残っています。これなら、多少の補償金はもらえるかもしれない……。

ところが、長いあいだ赤いままだった傷痕が、半年を過ぎる頃から、急に色が薄くなって、長さも短くなってきたのです。審査の日は、八月三十日と決められていました。このまま行くと、その頃には傷痕はほとんど残っていないかもしれない。それではマズイ、と思って、それから毎日、手のひらでペタペタ叩いてみたり、指でこすってみたりしたのですが、ほとんど効果はありませんでした。

そして運命の八月三十日、弁護士に連れられて審査の場所（どこだか忘れましたが役所みたいな建物でした）に行くと、手に小学生が使うようなプラスチックの定規を持った担当官が待っていて、私がその前に座るとすぐにその定規を私の頭にペタッと当て、

「ま、二センチかな」

といって、あっというまに審査は終了しました。

それで補償金が下りたのか、下りたとしてもいくらもらえたのか、まったく覚えていないということは、覚える価値もない額だったということでしょう。そのかわり、定規が頭にペタリと押し付けられた、あの瞬間のなんともいえない屈辱的な気分は、その後もずっと記憶に残っています。

眩暈——行きつけのスシ屋で病室を予約したこと

交通事故は、頭部の外傷のほかに、目に見えない障害を残していました。林外科病院に通院して受けた十六回の外来診察のうち、脳波の検査や破傷風の注射など一連の処置が済んだ後の八回は、ハリ（鍼）治療でした。頭をグルグル巻きにしていた包帯は年末のうちに取れましたが、全身打撲の後遺症で、からだのあちこちに凝りや痛みが残っていたからです。

そのハリ治療がはじまってしばらくして、ある晩、耳の異常に気がつきました。一月十四日の夜、とスケジュールノートには記してありますが、なにげなく左耳に小指を突っ込んだら、ぐらりと目の前の風景が大きく揺らいだのです。

耳たぶは完全に縫合され、最初のうちは指で触ってもなにも感じませんでしたが、切断された毛細血管が再生してくるにつれ、徐々に感覚が戻ってきます。耳たぶを揉んでいると感覚の戻りも早くなる、と言われたので、縫合部の痛みが取れた後は耳たぶを指先でいじるのが癖になっていたのです。そのときに、とくに耳垢を取ろうというつもりはなかったのですが、小指を耳の奥まで入れて掻くようにしたのです。

あのときのショックは、いまでも覚えています。ようやく外傷が治ったと思ったら、まさか脳までやられていたとは……。あわてて小指を引っ込めた後、こわごわと、もう一度そっと小指を耳の奥のほうまで入れ、指先に少し力を加えて曲げると、その瞬間やっぱり激しい眩暈《めまい》が起きました。

そのことを三日後の外来診察のときに告げると、それは外科ではわからないから、慶應病院の耳鼻科で診てもらうように、といって、すぐに先生を紹介してくれました。

不安になった私は、その翌日すぐに慶應病院に行き、長い時間待って耳鼻科の初診を受けました。そして二週間後の三回目の診察で、入院するように言われたのです。

事故の衝撃で、左耳の鼓膜の奥にある、中耳の隔壁にひびが入ったのではないか、という診立てでした。そのためにリンパ液が漏れて、平衡感覚に異常をもたらすらしい。漏れたリンパ液は自然に吸収されるので、放置しておいてもすぐにどうなるというわけではないが、できればその隔壁のひびを埋めて修復したほうがよいだろう。

そう告げられて、私はすぐに入院の手続きをすることにしました。渡された書類に必要事項を記入して窓口に提出すると、入院待ちの患者さんが多いので、いつになるかわかりませんが、知らせがあるまで待っていてください、と言われ、どのくらい待つのかとしつこく聞くと、最初のうちは口を濁していたものの、まあ、二ヵ月の方も、三ヵ月の方もいらっしゃいますし、もっと早く入院できる場合もあります……という、答にならない答が返ってきました。

天下の慶應病院だから、ウェイティングの患者もさぞ多いのだろう。しかも放っておいても死ぬわけではない症状では、よほど強力なコネでもない限り、順番がまわってくるのは相当先になりそうだ……。

入院を申し込んだ翌日、三田のスシ屋で、建築家と打ち合わせをしました。私たち夫婦は軽井沢に家を新築して移り住むことになっており、その前の週に地鎮祭を済ませたばかりでした。当時私たちは白金台（医科研の近く）に住んでいましたが、一年前までは三田にマンションを借りていて、慶應大学に近いそのスシ屋さんによく通っていたのです。

「で、頭の怪我のほうはなんとか治ったんだけどね」

「へい。そりゃよかったですね」

「ところが今度は耳に異常が見つかって」

「異常って言いますと」

「指を入れると眩暈がするんだ。それも、目の前がぐるぐるまわるような激しいやつ」

打ち合わせの合い間に、カウンターをはさんでスシ屋の親父と会話するのはいつもの調子で、そんなふうにして、入院待ちが長引きそうで困っている……というところまで話すと、突然、親父さんが顔を上げて、

「慶應病院ですか。慶應ならすぐ入院できますよ」

とマジメな顔で言う。

「慶應の先生方は、みなさんよく知ってますからね」

場所は慶應大学三田キャンパスの、正門の向かい側にある商店街の一角。老舗のそのスシ屋には慶應の学生が昔から通っていて、二階を借り切ってコンパだ宴会だと騒ぐのが慣わしだった。いまの慶應病院の偉い先生方も、スシ屋の親父はみんな若い頃から知っているのだ。

「じゃ、私から言っときますね。すぐに連絡が行くと思いますよ」

気のいい親父といかにも江戸っ子らしい風貌のいなせな職人のいるこの店には、三田周辺のマンションを転々としていた三年間のあいだ何度も通ったが、こんな意外な展開で、スシ屋で病室を注文するとは想像もしていませんでした。

スシ屋のコネは強力でした。親父さんの言った通り、早くも翌日の木曜日の午後、慶應病院から電話があって、四日後の月曜日から入院してくださいと言われ、それも特別室に入院することが決まったのです。

入院は十五日間でした。

外耳道を切り開き、鼓膜を破って、その奥の隔壁に入っているひびを見つけてパテ（みたいなもの？）で埋める……という手術です。

その結果、指を入れても以前のような激しい眩暈はしなくなりましたが、完全に症状が消えたというわけではありませんでした。手術の後も、やっぱり指を入れると風景が少し揺らぐのです。三十五年経ったいまでも、耳の中で小指の先を強く曲げると、グラッとする感じが少しあります。

耳鳴りも残りました。手術をしてから、周囲が静寂のとき、シーン、という、ノイズのようなものが聞こえるようになりました。でも、時間とともに慣れてきて、実際に音も少しずつ小さくなってきたのでしょう、最近ではよほど疲れたとき、周囲が完全に静寂だとあの懐かしい音が聞こえることがありますが、ふだんはまったく気になりません。

眩暈や耳鳴りの感覚は個人の主観によるもので、耳鼻科の先生も、患者の眼を外から覗き込んで黒目を観察したり、耳鳴りはどんな音ですか、と聞いたりするくらいしかできないので、日常に支障がなければそれでよしとするべきなのでしょう。

そういえば、首をぐるぐる回すと、ジャリジャリ、という、砂袋を捻ったようなヘンな音がします。これも交通事故以来で、もう三十五年間も続いています。首の筋肉の間か腱の周辺かでなにかが起きているのだと思いますが、この音も自分にしか聞こえないので、医師に訴えても理解されないでしょうし、まさかそのために首を切開するわけにもいかないでしょう。

耳のかたちが千差万別であるように、からだの状態も、どこまでが正常で、どこからが異常か、健康と病気の境目はどこにあるのか、そう簡単に一本の線で区切ることはできないのだろうと思います。誰もがどこかになんらかの異常や病気を抱えていて、それらを年月とともに飼い慣らしながら、自分の日常を築いていく。人生とはそういうものだと、私は四十歳前後の事故と病気で学んだような気がします。

子供の頃——タマゴの食べ過ぎで胃弱になったが運だけは強かったこと

私は幸運に恵まれています。

交通事故だって、一回転するか半回転で屋根から落ちるか、生死を分けたのは偶然としかいえません。吐血のときも、死の直前まで行きながら引き返せたのは、幸運が作用したといっていいでしょう。

生死や健康のことだけでなく、仕事や人間関係などすべてを含めて、私はほとんど幸運だけでこれまでの人生を生き抜いてきたような気がしますが、運がよいのは子供の頃からでした。そのことは、毎朝、顔を洗うとき、眉間の傷を見るたびに確信します。

私の顔には、鼻梁《びりょう》の上方、左右の眼のちょうど中間の位置に、小さな傷痕があります。細い彫刻刀の先端で浅く削ったような、長さ六、七ミリの線が、左上から右下に、斜めに入っているのです。これは、よちよち歩きの頃、転んで地面に顔を打ちつけたときにできた傷だと、母から聞かされてきました。

正確にそれがいつだったかはわかりませんが、私自身の記憶にはまったく残っていないので、おそらく二歳くらいだったのでしょう、庭で遊んでいるときに、突然つまずいて、バッタリ前に倒れたのだそうです。ところが、倒れたちょうどその場所に、釘の出た板が転がっていた。

古い板に刺さったままの鉄の釘が、上を向いて出ているところへ、倒れ込んだのです。火がついたように泣いた、といいますが、それはそうでしょう、後にまで残る傷がつくほどの怪我ですから、想像しただけで痛そうで、幼くて記憶に残っていないのがさいわいでした。

それにしても、狙ったように眉間の中央で釘を受け止めるとは、なんという強運でしょうか。もし左右どちらかに数センチでもずれていたら、失明していても不思議ではありません。この話をするとき、母はいつも、豊男は幸運の星のもとに生まれたのだ、と言って聞かせたものです。そして繰り返しその話を聞くたびに、私は自分自身の幸運を強く信じるようになりました。

私が生まれたのは、一九四五年、昭和二十年の十月八日です。戦争中の疎開先であった信州茅野《ちの》から、その年四十五歳になった母が東京に戻ってきて生んだ子です。母は貿易商だった先夫とのあいだに三人の子をもうけ、先夫の死後、再婚した画家の父と五人の子をつくりました。八人の子供はみな男子で、私が八番目の末子です。

日中戦争がはじまる年に生まれた七番目の男の子は、神童と言われながら四歳で他界します。刀世夫と名づけられたその子は、死ぬ直前、自分が死んだらかならず生まれ変わるから悲しまないように、と母に向かって言ったそうです。そして彼の死後まもなく、母は妊娠していることを知り、父と語らって生まれてきた子に豊男という名前をつけました。もう刀の世の中は終わったので、生まれ変わりにはせめて明るい字を与えようと思ったのでしょう。

この誕生神話は、繰り返し母から聞かされました。眉間の傷に残る幸運神話もまた、同じように小さい頃から刷り込まれてきました。かといって私はそれで自分が特別な人間だと思ったことはありませんが、人と違っているところがあればうれしいものだと、ひそかに思っていたことはたしかです。

ついでに言うと、私には腎臓がひとつしかありません。

これはずっと後になってから、吐血で入院したときにはじめてわかったのですが、右側の腎臓が生まれつきないのです。先天性右腎欠損。本来右側の腎臓があるべき位置は空洞になっていて、そのため肝臓が大きく傾いてついているそうです。左側の腎臓の大きさは通常の一・五倍ほどで、一個で両方の役割を果たしています。

「玉村さん、……腎臓のことで、なにか言われたことはありませんか」

超音波検査を受けているとき、医師からそう聞かれました。

「探しても、ないんですよ、腎臓が一個」

この言葉を聞いたとき、うれしくて飛び上がりそうになりました。人と違っていることが、なんであってもうれしいのです。でも、よっぽど珍しいのかと思ったら、五千人にひとりくらいはいると聞いて、それほどレアでないのでがっかりしました。

腎臓がないことが四十を過ぎてわかったのは、それまで病院に入ったことはもちろん、きちんと検査を受けたこともなかったからです。血液型だって、高校生になるまで知りませんでした。高校の文化祭で、化学部だかなんだかのブースで血液検査をやりませんかと誘われて、やってみたらB型だと言われました。いい加減な検査かと思ったら結果は正しかったようです（正式に確認したのは交通事故のときです）。

終戦直後の生まれなので、母親の栄養状態も悪く、どちらかというと虚弱な子供だったようです。生まれたときは、サルみたいに痩せていたそうです。が、兄たちが心配して、食糧難の中いろいろな食物を調達してくれ、そのせいで逆に、小学校に上がる前にお腹をこわして医者に連れて行かれたとき、タマゴの食べ過ぎ、たんぱく質の摂り過ぎ、と言われてしまいました。

その後はしばらく胃が弱って、からだは細いままでしたが、小学校の高学年になる頃にはすっかり丈夫になって、それ以降、大人になるまで、風邪を引いたりインフルエンザにかかったりしたことはありますが、中学生のときに学校の教室で、立って本を読みながら後ずさりして椅子に座ろうとして、椅子の背もたれの木部にでん部を強打して尾骶骨にひびが入ったとき以外、ほとんどお医者さんの世話になることはありませんでした。

ちなみに、父親は私が小学校に上がる前の年に五十七歳で亡くなり、母は私が三十五歳のとき八十歳で他界しました。父親の死因は胃ガン（最終的にはすい臓と脾臓に転移）で、母も消化器系の不全でした。三人の兄たちは、八十五歳以下全員が、年相応にもろもろの病気は経験しているものの、ガンにかかることはなく、いまも元気で（本人たちは死にそうだと言っていますが）暮らしています。

花粉症――ついに結核になったかと思ったこと

私の花粉症の歴史は、自慢できるほど古いものです。

日本で「花粉症」という言葉が知られるようになったのはいつの頃からでしょうか。もちろん類似の症状は古くから知られていたはずですが、スギ花粉によるアレルギーが一般の話題にのぼるようになったのは、一九七〇年代の後半からだと思います。

私は一九六八年からフランスに留学し、一九七〇年に帰国しました。

帰国したのが大阪万博の年だったので、通訳やツアーガイドのアルバイトがあって忙しく過ごし、そのうちになしくずしに大学を卒業してフリーターになりました。私がからだの異常に気づいたのはその頃ですから、一九七二年か七三年のことになるでしょう。

最初の症状は目の痒《かゆ》さと鼻のムズムズですが、春になれば風で塵《ちり》が舞うのはあたりまえなので、単に埃のせいかと思っていました。

が、そのうちに、なんとなく風邪を引いたような状態になり、夜は寝汗をかき、体温を測ると微熱がありました。しかもその微熱が、二週間も三週間も続いたのです。

その頃は、通訳やガイドの仕事はそろそろ終わりにして、できれば原稿を執筆する仕事で身を立てたいと、フリーのライターをしながらチャンスをうかがっていた時期でした。ので、こんなふうに微熱が続くのは、ひょっとして結核になったのではないか。昔から、物書きといえば蒲柳《ほりゅう》の質《しつ》で、結核でゴホゴホいいながら原稿を書く……というイメージがあるので、そうか、俺も結核になったら一人前の物書きになれるかもしれないと、半分は冗談だけれども半分はマジメに考えて、内科の先生に診てもらいに行きました。

「先生、……私は結核ではないでしょうか」

どこの医者を訪ねたかは覚えていないのですが、先生は笑って、

「どこも悪いところはありませんよ。風邪じゃないんですか」

といって取り合ってくれません。血液検査をしても、悪いところはないらしい。でも、まだそのときは、花粉症という言葉は先生の口からも出ませんでした。そのあたりから毎年、春になるとアレルギー症状を感じているうちに、しだいに花粉症という言葉が市民権を得るようになっていったのです。

花粉症のみなさんはおわかりだと思いますが、アレルギー症状が本格的に出はじめたらもうなにもできません。洟《はな》はたえずズルズルと垂れて止まらず、くしゃみは連続して無限

に続き、目はくしゃくしゃになって、眼球を引っ張り出して掻きたいほど痒くなる。そうなったら、時期が来て花粉がなくなり、症状が消えるまで、ひたすら忍耐するしかありません。

駆け出しのライターとしてようやく自分の原稿が活字になりはじめた頃、私の書いた雑誌の記事が目に止まって、文藝春秋の編集者から私に直接電話がありました。

「君の原稿を読んだが、面白いので、うちでもなにか書いてみないか」

天下の文春からの、直々の注文です。駆け出しのライターなら、飛び上がってよろこぶところです。

ところが、生憎《あいにく》、まさに生憎、そのとき私は花粉症の真っ最中だったのです。

いまでもそのときのことはよく覚えているのですが、電話は取ったものの、ティッシュで洟を拭うのに忙しく、話の内容も上の空でした。原稿の注文らしいということはわかりましたが、

「いまは仕事ができる状態ではないので、お断りします」

といって、ガチャンと電話を切ってしまった……。

さいわい、この文藝春秋の編集者の方からは後日あらためてコンタクトがあり、その後

仕事をさせてもらうことになりましたが、あとあとまで、

「新人の物書きで最初から断ってきたのは君だけだよ」

といってからかわれたものです。

三十年にわたって猛威を振るった私の花粉症も、五十代の半ばを過ぎる頃からしだいに反応が鈍くなり、いまでは、少なくとも春のスギ花粉についてはほとんど苦しまなくなりました。

そのかわり、その頃からスギ花粉に代わってブタクサとヨモギの花粉アレルギーが出現したので、春よりも夏の終わりから秋にかけてのほうが嫌な季節になりましたが、それも七十歳を越えたらあまりひどい症状は出なくなりました。花粉症も「卒業」することがあるのでしょうか。

しかし、私のアレルギーは、花粉だけではありません。花粉よりも、もっと激しい反応を引き起こすアレルギーが、私にはあるのです。

アレルギー――酒とマンゴーで死にそうになったこと

そのアレルギーが発現したのは、四十歳代の後半からではないかと思います。

私のスギ花粉アレルギーがいちばんひどかったのはオウム真理教のサリン事件があった一九九五年で、この年の春はまったく仕事をせず、一日中ティッシュを抱えてテレビを見ていました。この年の秋に私は五十歳になったのですから、五十歳をはさむ前後数年が、私のアレルギー反応がピークを迎えた時期だったのかもしれません。

その頃、私は毎年のようにパリに出かけて、風景のスケッチをしたり、本のための取材をしたりして、十日間ほどを過ごすのが慣わしでした。

一回目の発作が起きたのは、一九九六年の六月（五十歳八ヵ月）、左岸にあるセーシェル料理のレストランで夕食を摂った後でした。

そのときはパリにある外国料理のレストランを取材するのが目的で、ベトナム料理、インド料理、タイ料理、ギリシャ料理、ペルー料理……など、さまざまな国の料理を連日食べ歩いていました。インド洋に浮かぶセーシェル諸島の料理を提供するレストランは、パりではここ一軒。おそらく他の国にもあまりないでしょう。料理は、インド風のカレーがあったり、南太平洋スタイルの刺身があったり、酢豚を思わせる甘い豚肉料理があったりするミックスキュイジーヌ。フランスの植民地からイギリス領に編入され、その後独立を勝ち取ったセーシェルは混血の進む多民族国家ですが、ヨーロッパ系セーシェル人が経営するパリの店ではもちろんフランスのワインを飲ませます。

パリ在住の友人を誘って食事を終えると、タクシーに乗る友人を見送ってから、私は歩いてホテルまで帰りました。歩けば三十分くらいの距離ですが、風に吹かれて食後の散歩をするにはちょうどよい季節でした。

すっかりいい気分で、レストランから植物園の横を通ってホテルのある学生街のほうへ向かう途中、なにか、手のひらに軽い痒みを感じました。

あれ、なんだろう……と思っていると、すぐに痒みは手のひらから腕にまで広がって、そのうちに、からだじゅうの血管がチリチリと焼けるような感じがしはじめました。見ると、手も腕も真っ赤になっていて、しだいに動悸も激しくなってきます。

とにかく急いでホテルに戻ろうと、最後は走るようにして部屋までのぼり、ベッドにからだを投げ出しました。全身のチリチリ感はさらに激しくなり、喉が詰まって呼吸が困難になってきます。……このままでは危ないかもしれない、と思って、救急車を呼ぼうかと枕もとの電話に手を伸ばしかけたのですが、少しずつ息苦しさが弛んでくるような気もしたので、そのまましばらくようすを見ているうちに、反応はしだいに弱くなってきて、最初から一時間くらいでアレルギー発作は終息しました。

なんだったのだろう？

途中、植物園の横を通ってきたので、そこでなにか反応を引き起こす花粉を吸い込んだのではないか、というのが私の推測でしたが、特定することは不可能なので、このときはそのままになりました。

二回目に同じような反応が起こったのは、同じくパリの行きつけのベトナム料理店で、妻と食事をしたときでした。やはり、食後三十分ほど経つと皮膚の痒みやチリチリ感が生じ、しばらく呼吸困難を感じたあと一時間程度で終息しました。ただ、このときは日本に帰国する日で、食事のあとすぐに空港へ移動する予定だったので、動悸が治まるのを待ちながら、時計とにらめっこをして焦ったことを覚えています。

三回目は、雑誌のパリ取材班と別れ、ひとりだけ滞在を延ばした私が、学生街の馴染みの中華料理店で簡単な食事をした後でした。反応は前の二回とまったく同じですが、このときがいちばん激しい反応を示し、症状が治まった後も後遺症が残ることになりました。

中華料理店で私が食べたのは、叉焼《チャーシュー》と、その店の名物の餃子でした。飲んだのは、青島《チンタオ》ビールの小瓶を一本。たしか、それだけだったはず……いや、そうだ、食べ終わった餃子の皿を片付けにきた店の親父に、きょうは新鮮なマンゴーがあるよ、と奨められて、デザートに注文したのでした。たしかに、大ぶりの見事なマンゴーをカットしてそのまま食べ、中国茶を飲んだのが食事の最後だった……。

と、発作が治まった後にその日のメニューを思い出した瞬間、ひょっとすると原因はマンゴーかもしれない、と気づいたのです。で、過去の二回のケースを振り返ってみると、たしかに妻と行ったベトナム料理店でもマンゴーをデザートに食べたことを思い出しました。セーシェル料理店のデザートは覚えていませんが、あの地域の料理ならデザートには当然マンゴーが使われていたことでしょう。ただ、同様のアレルギー反応を繰り返していた期間でも、お酒を飲まずにマンゴーだけ食べた場合はまったく平気でした。

したがって、そのとき私が仮に出した結論は、次のようなものでした。

アルコールとマンゴーを同時に摂取すると約三十分後に発現するアレルギー反応。酒の種類と量は関係なく、マンゴーの鮮度と品質がよいほど反応は激しくなる。

この仮説は、その後、二回の実証実験で証明されました。いや、実験というわけではなく（そんな、怖くて実験なんかできません……）、たまたま同様のケースがあって確認が取れた、ということですが。

一度は、ニューヨークのキューバンチャイニーズ（キューバふう中華料理）の店で（変わった料理ばっかり食べるのがいけないのかもしれません）、肉料理とサラダを食べてワインを飲んだときのことです。店を出てしばらく歩いていると、手が痒くなり、例のチリチリ感がやってきました。このときはごく軽い症状でしたが、きっと酒とマンゴーのアレルギーに違いないと確信し、外から店に電話をかけて、さっきのサラダにマンゴーが入っていないかと聞きました。店の人がシェフに確かめたところ、細かく切ったマンゴー片が、他の果物といっしょにそのサラダには入っていたことがわかりました。

もう一度は、東京のカレー屋さんでした。ランチに入ってカレーを食べ、生ビールを一杯飲んだら、店を出てから三十分後に軽い発作がおきました。その店の特製カレーの中には、マンゴーのペーストが入っていたのです。

こうして原因を確信して以来、お酒を飲む食事のときはマンゴーを使っているかどうかをあらかじめ確かめるようになり、もしマンゴーだけを単体で食べた場合は、その後六時間はお酒を飲まないことに決めています。

病院に入院するとき、お酒とマンゴー、とアレルギーを申告すると、珍しいですね、と言われます。きっと、あまりないケースなのでしょう。が、アレルギーの中には、単体では起こらないがなにかと組み合わさると発症する、ということがあるようで、これはテレビで見たのですが、小麦と運動、という組み合わせがありました。

その少年は、毎週土曜日の午後に激しい呼吸困難の発作を起こす。なにが原因か、長いことわからなかったが、土曜日には運動部の練習があり、練習が終わった後に空腹を癒すためにパンを食べるのが習慣だった……ということから、小麦粉アレルギーが運動したときにだけ発現するのではないか、という結論に行き着いたのだそうです。運動をしないときはパンやパスタをいくら食べてもまったく平気なのに、運動の後だと、天ぷらの衣の端切れを食べただけでもひどい発作に苦しむのです。

私の場合、珍しいアレルギーをもっていることは、ちょっと自慢です。

血糖値——アレルギー発作で血糖値が急上昇したこと

私のアレルギー発作では、パリでの三回目にあたる、中華料理店のマンゴーが最悪でした。いや、あのマンゴーが、親父が自慢するだけあって素晴らしく上質で、完熟した濃厚な風味があるおいしいマンゴーだったので、お酒はビールの小瓶一本だったのに、激しい結果を招いたのです。一九九八年二月十五日。あの「大吐血」の日（八六年二月十三日）から、ちょうど十二年後にあたる日のことでした。

その日まで、私はまだアレルギーの原因に気づいておらず、なにかの花粉だろうとばかり思い込んでいました。最初のセーシェル料理店のときは緑のある季節で、帰る途中に植物園の横を通ったのでよけいそう思ったのですが、三度目の中華料理店のときは、季節は冬の二月でまだどこにも緑はありません。しかも店からホテルまでは街中を通るのです。それでようやく原因に思い至ったわけですが、このときに驚いたのは、発作が治まってからもひどい脱力感と倦怠感に襲われたことです。その晩はそのままベッドで寝ましたが、朝、目が覚めてもからだに力が入らず、喉は渇くのに食欲はありません。私が食欲を失うのはよほどのことです。

なにがなんだかわからぬまま、その日は一日、夢遊病者のように過ごしました。数日間にわたる雑誌の取材を終えて、編集者とカメラマンは一足先に帰国したので、私だけ残って本屋と画材店を巡ろうと思っていたのです。そのつもりでホテルを出たのですが、全身の脱力感がひどく、足にも力が入りません。いちおう本屋さんには行きましたが、これでは仕事にならないと引き返し、ホテルの近くを徘徊しました。

パリ滞在の予定は、この日まで。翌日の朝には空港に行かなければなりません。せっかくだから、パリ最後の日には御馳走を食べよう……と、ホテルの近くのレストランをいくつか巡ったのですが、店先のメニューを見ても、中を覗いても、いっこうに食欲が湧きません。結局、昼にサンドイッチを食べただけで夜は抜きました。

帰りの飛行機の中でも、脱力と倦怠の感じはあまり変わりませんでした。で、相変わらず夢遊病者のようにフラフラしながら成田から自宅まで戻ったら、出迎えた妻が私の顔を見るなり叫びました。

「どうしたの、そんなに痩せちゃって！」

鏡を見ると、たしかにげっそりと頰がこけています。体重を測ったら、いつもの体重から七キロも減っていました。

取材チームと別れる直前にカメラマンが撮った写真があるので、それを送ってもらって比較すると、まったく別人のようでした。ということは、わずか二日間で七キロも痩せたことになります。

それでも、急激な反応はほどなく治まったようで、家に帰って数日すると体調は少しずつ戻り、食べられるようになったので体重もかなり回復しました。が、やっぱり医者に診てもらったほうがいいだろうと思い、近くの内科医院に行って診察を受けたら、食後三時間の血糖値が、なんと五七七もある、と言われました。アレルギーはいろいろ経験してきたつもりでいましたが、酒とマンゴーのアレルギーで血糖値が急上昇するとは想像もしていませんでした。

私はそれから二週間後に虎の門病院に入院することになりますが、それまでは予定されていた仕事をこなしながら、血糖値を測定する器具を買って自分で測りました。朝の空腹時血糖値は、毎日ほぼ三〇〇台のなかばを記録していたので、さすがにアルコールは控えましたが、そのほかにはとくに不調を覚えることはなかったように記憶しています。

ただ、いつも口の中が粘りつくような感じがして、味覚がおかしくなったようにも感じていました。実は、それは高血糖による喉の渇きだったのですが、喉の渇きも度を過ごすとふつうの渇きの感覚とかけ離れて、口中が粘りつくような感じになることを初めて知りました。

虎の門病院に入院して、最初に測った血糖値は、食後二時間で八百もありました。このときは、さすがに虎の門病院の先生も、

「糖尿病棟はじまって以来の新記録だ！」

と驚いていました。こんなことでも、新記録はうれしいものです。先生からは、

「歩くときに、ふわふわと、雲の上を歩くように感じませんか？」

と聞かれました。高血糖だとそうなると本には書いてありますが、先生ご本人は経験したことがないのでわからないのでしょう。私の場合、それはありませんでした。

虎の門病院への入院は、三月五日から十七日、溜まっていた仕事をこなすために一時退院を願い出た後、四月六日から十八日まで再入院。日数は合計二十六日に及びました。

糖尿病棟――怨嗟の病棟から逃げ出したこと

虎の門病院の糖尿病棟は、医師から生活習慣を糾弾された男性たちで溢れていました。糖尿病というのは、食べ過ぎ、飲み過ぎ、太り過ぎ、運動不足などがおもな原因とされる、だらしない中年男性がなる病気だと一般に思われているので、糖尿病棟に送り込まれてきた男たちは、厳しく生活を管理することを教える医師や看護師の前で、まるで犯罪者のように小さくなっているのです。

「ああ、これで一生、酒は飲めないのか」

「鰻も焼肉もダメなのかぁ」

「くえーっ、生ビールが飲みてぇ」

みんな口々に、自由だった娑婆の世界を思い出しながら、塀の内側に収容されたことを呪詛《じゅそ》しています。糖尿病棟では、もちろん血糖値を下げる飲み薬なども処方されますが、おもな療法は生活指導ですから、食事を制限しながらできるだけ運動をするように教えられ、二度と忌まわしい生活習慣に戻らないよう、コンコンと説教されてからようやく解放されるのです。

私の場合は、なにしろ最初から新記録ですから、凡百《ぼんぴゃく》の患者とは一線を画していました。いちおう運動をするように言われたので、夜になると人のいなくなる病院の中を、隅から隅まで歩き回りました。しかし、それでも血糖値はたいして下がらず、相変わらず食後の血糖値は五〇〇から六〇〇を記録していたので、先生は、

「これはⅡ型ではなくて、Ⅰ型かもしれないな。いずれにせよ、クスリ……ですね」

といって、入院一週間後からインシュリンの注射を開始することになりました。

糖尿病にはⅠ型とⅡ型があって、Ⅱ型というのはおもに生活習慣に起因するすい臓の機能低下が原因で、日本の糖尿病患者の大半を占めるものです。それに対してⅠ型は、すい臓の細胞が壊れてインシュリンを分泌しなくなるもので、子供や若者に多いのですが、稀に、中年の男性でも突然、インフルエンザなどが原因でⅡ型を発症する場合もあるそうです。私の場合、あまりの数値の高さにⅡ型にしては異常だと先生は判断したのでしょう。

血糖値というのは、血液中のブドウ糖の量を示します。摂取した食物がブドウ糖に分解されて血液の中に送られたとき、本来なら、すい臓から分泌されるインシュリンというホルモンが作用してその糖を筋肉などに吸収させるので、血液の中を流れる糖（血糖）の量

は一定に保たれます。空腹時で一〇〇（ミリグラム＝血液一デシリットル中）前後、食事をすれば当然増えますが、二時間もすれば一二〇くらいに戻るのがふつうです。

それが、空腹時でも一二〇を超えたり、食後には一時的でも二〇〇近くになったりすると、そろそろ糖尿病患者の仲間入りです。Ⅱ型で入院してくる人の多くは、だいたい一五〇から二〇〇前後の数値で悩んでいるのではないでしょうか。そのくらいの人は、食事のカロリーを落とし（食事療法）、運動をしっかりやって（運動療法）、必要なら血糖値を下げる薬を飲みながら（内服療法）、徐々に数値を下げていくことをめざします。糖尿病棟がダイエット合宿所みたいになるのはそのせいです。

血糖値が上がるのは、インシュリンが出なくなる、あるいは、インシュリンの出が悪くなるのが原因ですから、外からインシュリンを注射して体内に取り込めば数値は改善します。が、糖尿病患者のあいだでは（そして糖尿病専門医のあいだでも）、インシュリンを打つのは「最後の手段」と考えられており、できることなら「クスリ」は打ちたくない、というのが共通の思いになっています。インシュリンは一度打ちはじめたら一生続けなくてはいけない、一度その道に足を踏み入れたら、二度と更生できない……麻薬のようなものので、そんな境遇に身を落とすのは恥だ、と考えている人さえいるようです。

たしかに、毎日自分で注射をするのは、面倒といえば面倒です。私が虎の門病院で打ちはじめたインシュリンは即効性のタイプで、毎食の直前に打つ必要がありました。

注射針じたいは、きわめて細いので刺してもほとんど痛みはありませんし、インシュリンの入ったカートリッジはキャップのついたペン型の容器に収納されているので携帯にも便利です。ただ、毎回新しい針に交換して、そのときに打つ分量（医師の指示にしたがって決められた単位）に目盛りをセットしてから、アルコール綿で消毒した腹部などの適当な場所に針の先端を刺し、親指でキャップの先端を押しながら液を注入する……という作業が必要です。

したがって、自宅で食事をするときは問題ありませんが、外食のときは知恵を働かせる必要があります。レストランで、席に着く直前にトイレで注射する。店に行く前に、タクシーの中で運転手さんに気づかれないように注射する……。

私は、外出するときはキャップを外せばすぐに注射できるよう、あらかじめ針を取り付けておき、目盛りも所定の分量にセットしてから蓋をして、ちょっと長めの万年筆をもっているかのように上着のポケットにしのばせておきました。フランス料理の晩餐会で、タキシードを着て着席し、挨拶が終わっていよいよこれからフルコースがはじまるという直前、内ポケットからインシュリンのペンを取り出して両手をテーブルの下に隠し、本体を右手に持って左手でキャップを外し、キャップを左手の中に握ったまま、左手の中指と薬指をシャツのボタンホールのあいだから差し込んで腹を少しだけ露出させ、そこに右手で持ったペンの針先を当てて注射するという、離れ業のようなことをした経験もあります。この場合は緊急事態なのでアルコール綿による消毒はできませんが、親指で押し込むときに出る目盛りを刻むカチカチという小さな音は耳で捉え、正確な分量が注射されたかどうかは確認していました。終わったらなにごともなかったかのように蓋を閉めたペンを内ポケットに戻し、それから両手をテーブルの上に出してナイフとフォークを握るのですが、この一連の動作を、周囲の会食者とにこやかに談笑しながら誰にも気づかれないようにやるには、ちょっとしたスキルが必要でした。

即効性のインシュリンの注射は、タイミングが難しいのです。腹部から体内に入ったインシュリンが、血液中を流れるようになるまでには、タイムラグがあります。これはインシュリンのタイプにもそれぞれの製剤の特徴にもよる（十五分以内に効きはじめるものや三十分くらいで効くタイプなどがある）ので一概には言えませんが、打ってすぐ食べものを口に入れた場合は、まだインシュリンが届いていないので血糖値は急上昇するでしょう。

逆に、打ってから食事の開始まであまり時間が空くと、なにも胃に入っていない状態でインシュリンだけが働くので、低血糖になるおそれがあります。空腹のときは九〇ミリグラム前後の糖が血液中を流れているのがふつうなのに、これがインシュリンに食われてしまうと、七〇とか六〇とか、あるいはそれ以下になって、意識を失ったり昏睡に陥ったりすることがあるのです。

血糖値のコントロールがうまくいかず、ときに激しく上下する人は、いつでも低血糖になるおそれがあります。血糖値が（六〇以下に）下がったときは、異常な空腹を感じたり冷や汗が出たりするなどの前駆症状でだいたいわかるので、すぐに甘いものを補給すれば元に戻ります。だから外出のときはかならず、飴玉なり砂糖のスティックなり、すぐ糖分を補給できるものを持って出るようにします。

まあ、そんな面倒はありますが、慣れてしまえばどうということはありません。

それに、インシュリンは、一度打ったらオシマイで、一生逃れることができない、というのも間違いなのです。

私は、入院中、とにかく何度も何度も血糖値を測定しました。

もちろん、起床後や就寝前など所定の時間には看護師さんがベッドまでやってきて測定してくれますが、それ以外にも、食後三十分、一時間、一時間半……と、三十分刻みで測定して、一日の血糖値の変化と食事内容の関係などを記録したのです。血糖値の測定器は市販されていますが、毎回そのための針やチップが必要になるので、足りなくなると看護師さんに頼み、そんなに何回も測定する必要はありません、と断られたときには、ナースステーションに誰もいない時間帯を見計らって棚から失敬したことさえありました。これは窃盗ですよね。もう時効になっていることを祈りますが。

こうして、こと細かに測定していくと、同じ食後でも朝食後と昼食後の数値の上がりかたの違いや、食事の内容による上がりかたの違い、時間の経過と数値の下がりかたとの関係など、いろいろなことがわかってきます。

私は退院後も、即効性インシュリンを毎食前に打ちながら、数値の変化を克明に追い、そのデータにもとづいて、毎回打つインシュリンの量を調整していきました。

こんなことをすると、医師からは厳しく叱られます。毎回何単位のインシュリンを打つかは医師が決めることで、患者が勝手に変えてはいけない、とされているからです。

が、インシュリンの注射をはじめてから四十日目に再入院を終えた後、少しずつ量を減らしていったら、それから三週間くらいで、インシュリンを打たなくても正常値が保てるようになったのです。

退院一ヵ月後の外来診察でこのことを先生に告げたら、

「おかしいなあ、そんなことってあるのか」

と、首をかしげるばかりでした。

インシュリンを外から加えてやると、すい臓のβ《ベータ》細胞は自分でインシュリンを出す必要がないのでゆっくり休めます。重なる疲れでインシュリンを出せなくなっていた私のすい臓は、一月半ほど休んでいるあいだに元気を回復し、また働くようになったのです。

結局、私はそれから三年半あまり、インシュリンを打たなくても正常な血糖値を維持することができました。三年半後に再びアレルギー発作による血糖値の急上昇があり、それから後は、旅行や会食のスケジュールが重なって負担が多くなるとインシュリンの出が悪くなってそのたびに数値が上がるようになったので、それ以降、持続的に効くタイプのインシュリンを毎朝一回打つ方法を採用して現在に至っています。

この方法だと、毎朝の注射だけで、好きなものを食べてワインを飲んでも血糖値はほぼ正常に保たれます。ときどき朝の注射を忘れることもありますが、そういうときは休んでいた自前の機能が働いて、とくに血糖値が上がることはありません。いまのところ長期的な血糖値管理についても問題はないので、合併症の心配もしなくてよさそうです。

糖尿病棟では、いろいろなことを学びました。その大半が反面教師ですが、食事にしても生活管理にしても、医師の言うことを聞きながらも、自分に合う方法を自分で見つけることがなによりも大事であると、あらためて認識させてもらいました。

虎の門病院には二回にわたって入院したわけですが、三月五日から十七日までの最初の入院は高血糖をなんとか処置するための緊急入院で、インシュリン注射をはじめることで数値をいちおう安定させるところまでで目的を果たしました。

その後、数値が安定したところでふつうは食事療法と運動療法の実践に入るのですが、私はどうしても約束していた仕事があってそのまま長期入院ができないので、三週間ほど一時退院させてほしいと希望しました。本当は、食事と運動は自分でやるので、もう入院はしたくない、といったのですが、当然許されず、また四月六日から十八日まで入院することになったのです。

ですから、再入院後の二週間は、その他おおぜいのⅡ型糖尿病の患者やその予備軍とともに、食事と生活の指導を受けるのが入院中のおもな仕事でした。

糖尿病棟なのに、食べると血糖値がすぐに上がる白いご飯がたくさん与えられるのは不思議でしたが、私はご飯は半分しか食べないようにしていました。寝る前に牛乳を飲むのは就寝中の低血糖を防ぐために有効なのですが、個室の冷蔵庫に入れておいた牛乳パックを看護師さんに見つけられ、ダメッ、といって取り上げられたこともありました。

それでも再入院の二週間は楽しく過ごしました。

運動をするのが義務になっている糖尿病患者には、散歩のための外出が許されます。許可証を見せて外出し、食事前の予定時間に戻ってくればよいのです。私は毎日それを利用して、虎の門病院から日比谷まで歩き、公園のベンチで本を読んだり昼寝をしたりしました。マッサージの店に入ってからだをほぐしてもらったことも、帝国ホテルでお茶を飲んだことも、そう、銀座まで映画を見に行ったこともありました。映画を見るのは糖尿病患者の外出目的にはそぐわないでしょうから、見つかったらきっと叱られたと思いますが、田舎暮らしの私にとって、それは病院という都心のマンションで過ごす、優雅なバカンスのようなものでした。

胃潰瘍――貧血で倒れてまた病院に担ぎ込まれたこと

酒とマンゴーで激しい発作を起こしたあの日から三年半ほど過ぎた二〇〇一年の九月、こんどはブタクサの花粉で私のからだは乱されました。

その日、私は飯田市でおこなわれる県のイベントに参加することになっており、朝八時頃、妻の運転するクルマに乗って駅まで行こうと、いつものように家の近くの農道を通りかかりました。すると突然、鼻がむずむずして、くしゃみが止まらなくなったのです。

その農道の脇には、ブタクサが背よりも高く群生していました。どうやらその草叢《くさむら》にクルマが接触して、花粉を撒き散らしたようでした。

ブタクサのアレルギーは毎年のことなので、気をつけてはいるのですが、不覚でした。しかも、いつものアレルギー発作と違って、くしゃみが止まった後も動悸が治まらず、激しい喉の渇きを覚えて、全身が脱力感に襲われたのです。そうだ、この感覚は……血糖値が急上昇しているに違いない、と、三年半前の記憶がよみがえりました。あのときは酒とマンゴーだったが、今回はブタクサ花粉。花粉でも血糖値が上がるのか……。

しかし、家に戻る時間の余裕はないので、そのまま長野まで行き、県庁から出るバスに乗り込みました。

飯田では、昼食を兼ねた打ち合わせから、本番のシンポジウム、その後の懇親会までを予定通りこなし、その晩は飯田市内に一泊しました。だから、家に帰って血糖値を測ったのは、明くる日の木曜日、午後四時のことでした。数値は、四七四ありました。

高血糖ですから、例によって喉の渇きなどの症状はたしかに感じましたが、激しい発作の後遺症でしょうか、その晩は私としては珍しく食後にお腹が気持ち悪くなり、立ち上がるとふらふらして、立ち眩みばかりしていました。

翌日の金曜日の朝、トイレに行って便を見ると黒くなっていて、胃から出血しているらしいことがわかりました。が、たいした量ではありません。このあたりのようすは、かつての下血の経験からすぐに判断できるのです。

本来ならここで病院へ行くべきなのですが、たまたま明くる日の土曜日は、東京で個展のサイン会がある日でした。新宿伊勢丹で私の絵画作品展が開催中で、週末は会場に行かなくてはなりません。前の経験から、血糖値の急上昇は数日のうちに治まるだろうし、下血もこれ以上続かなければ、週が明けてから診てもらっても遅くないだろう……と判断して、少しふらふらしましたが、伊勢丹まで出かけていきました。

伊勢丹に到着した頃には、だいぶ貧血が進行しているようでした。あの大吐血のときのように便意を催すことはありませんでしたが、一階からエレベーターに乗り、会場の階で降りようとしたときには、もう壁に手をつかなければ立っていられない状態になっていました。

会場のスタッフが用意してくれた車椅子に乗り、サインをする机のところまで行くと、順番待ちの人たちが早くも長い行列をつくっています。これだけの人が待っていてくれるのだから、やっぱり無理をしても来てよかった……と思って、サイン会をスタートしたのですが、最初の数人を終えたところで、ペンを握る力が尽き、それ以上できなくなってしまいました。私は会場のスタッフに付き添われ、デパートの裏口からハイヤーに乗って、近くの東京女子医科大学病院に直行したのです。ふつうなら救急車を呼ぶところですが、サイレンの音が響くのを避けてハイヤーにしてくれたようです。

女子医大病院ではＩＣＵ（集中治療室）に担ぎ込まれ、応急処置がおこなわれました。内出血の原因は、胃潰瘍でした。

花粉アレルギーの発作で血糖値が急上昇したことと、胃潰瘍で内出血することとは、どんな因果関係があるのでしょうか。

三日前からの経緯を説明しても、医師たちは要領を得ない顔をしています。血糖値の上昇が、胃潰瘍とは結びつかないのでしょう。それよりも目の前にある、出血の「原因」となっている潰瘍に対処することしか、眼中にないのだと思います。結局、両者の関係はいまに至るまでわからずじまいです。

潰瘍への対処は、とりあえずは絶食です。絶食して点滴を受けながら、炎症を抑え、傷んだ粘膜を修復していく……というのが治療の段取りでしょうか。

私は集中治療室のベッドに寝かされ、なにも食べずに我慢していました。

病院の食事はどこの病院でもまずいものですが、それでも入院中はほかに楽しみがありません。その楽しみを奪われ、私は憮然としながら毎日を過ごしていたのですが、何日目のことだったか、足の親指の付け根あたりがじわじわと痛みはじめたのです。

この感覚は、かつて経験したことがあります。……そうだ、これは痛風じゃないか。

でも、なんにも食べていないのに痛風だなんて、そんなことがあるのだろうか。しかも、左右の両足に、同時に発作が出たのです。

痛風——痛風患者は王侯貴族の家系かもしれないこと

私が最初の痛風発作を経験したのは、一九九八年、糖尿病で虎の門病院に入院した年の夏の終わり頃でした。

犬の散歩の途中だったか、庭で草刈りをしていたときか、はっきりと覚えていないのですが、なにかの拍子に左足を転がっていた石にぶつけてしまいました。

かなり痛かったのですが、単なる打ち身ですから、とりあえず患部を湿布で冷やしたくらいで、そのうちに治るだろうと放っておきました。

が、ふつうなら痛みも腫れも二、三日で引くのに、四日経っても五日経っても引かないばかりか、ますますひどくなってくるのです。しかたがないので、近くの外科医院を探して、診てもらうことにしました。そこは小さな診療所で、先生は髭だらけの疲れた顔をしていましたが、私の足をひと目見ると、

「痛風だな」

と小気味よく断定しました。

痛風？　この宣告は、まったく予想していませんでした。それまでの血液検査から、自分の尿酸値が多少高めであることは知っていましたが、高いといっても正常値の上限かそれをやや超える程度だったので、まだ発作に襲われるレベルではないと思っていました。それに、私が足を石にぶつけたことは事実なので、痛みは打撲が原因であるとばかり思い込んでいたのです。

尿酸は、血液中で飽和状態になり溶け切れなくなると関節液の中で結晶化して沈着するが、なんらかの原因でそれが剥がれると、その結晶を異物と感知した白血球が酵素を出し炎症が起きて痛みが生じる。これが通風の発作ですが、尿酸の結晶は松葉のように細いガラス質の針だそうで、患者の主観的な感覚では、鋭い針状の結晶が関節に突き刺さる……というイメージでしょうか。聞いただけで痛そうです。全身の関節のうちでもとくに末端の、足の親指の付け根あたりに症状が出るケースが多いとされており、私の場合も、親指を大きな石にぶつけたので、ちょうどそのあたりが痛んだのです。

痛風という名は、風が吹いただけで痛い、という意味だそうです。が、私の個人的な感覚からいうと、針が刺さる、というイメージから来るような鋭い痛みではなく、もっと鈍重な、からだの内部からじわじわと腫れが膨らんで、患部が内側からの圧力で破裂しそうな、圧迫感のある痛みです。激しく痛いことはたしかですが、風に触れて外側から生じるような痛みではありません。もちろん赤くなって腫れ上がった患部を押したり触ったりすればひどく痛みますが、それよりも内側から湧き上がってくる行き場のない痛みのほうが不気味です。

痛風には、とくに治療法はありません。どんなに激しい発作が起きても一週間から十日もすれば自然に痛みが消えるので、発作が起こったときにはとりあえず炎症を抑え、落ち着いたら尿酸値を低く抑えるための薬を飲みます。人間のからだは取り込んだ食物などから絶えず尿酸を生産し排泄しているので、生産する尿酸が多過ぎるか、排泄する尿酸が少な過ぎるかすると、体内に蓄えられている尿酸の量が過剰になり、尿酸値が上昇して痛風発作の危険性が増していくのです。

痛風は世界でもっとも古い病気のひとつとされ、古代エジプト王朝の時代からその存在が知られているそうですが、日本では明治になるまでほとんど例がなかったといいます。食生活が欧米化して肉類を多食するようになってから目立ちはじめたので、痛風は贅沢病とも言われ、一般には、ご馳走を食べ過ぎた人がかかる病気、と理解されています。

たしかに私は仕事柄おいしいものを食べる機会が多く、フランス料理のフルコースならたっぷりの脂肪とたんぱく質と合計三〇〇〇キロカロリーくらいのボリュームがありますから、尿酸をがっちり溜め込んでも不思議ではありません。長年にわたって蓄えられた尿酸が結晶化して、びっちりと関節液に層をなしていたのではないでしょうか。その一部が、石に足をぶつけた瞬間、衝撃で剝がれ落ちたのだと思います。

痛風発作が起きる原因は、暴飲暴食とかストレスとかいろいろなことが言われますが、ある日突然、というそのきっかけが、物理的な外部からの衝撃によるものであるケースは少なくありません。最初は単なる打撲だと思って医者に行く人が、私のほかにもきっとたくさんいるはずです。

しかし、胃潰瘍で絶食している最中に痛風とは、すぐには理解できませんでした。私は、唯一の楽しみである食事を摂ることも許されない境遇にストレスが溜まっていたので、巡回してくる医師や看護師をつかまえて、

「どうしてなにも食べていないのに痛風が出るんですか」

と、質問した……というより、食ってかかった、というほうが近いでしょう。

「どうしてか、わかるように説明してください」

そういって詰問するのですが、誰ひとり答えられる人がいないのです。

ＩＣＵ（集中治療室）というのは、急性の機能不全で生命の危機に瀕した患者や、一般病棟で治療中に病状が急激に悪化して救急の処置が必要になった患者、あるいは大手術後で総合的な安全管理が必要な患者など、重篤な患者を対象に二十四時間体制で集中的に治療と看護をおこなう施設です。私の場合は救急外来から出血中の緊急患者ということで回されたのだと思いますが、もともと、そんな特別の治療室のベッドをひとつ占拠するのは申し訳ないような患者でした。そのうえ、こんどは痛風になったといって怒っている。痛風の発作程度でＩＣＵに入ってくる患者はいませんから、担当の医師が対応できないのは止むを得ないことかもしれません。

私は寝ながら病院案内を読み直し、この病院には「痛風外来」があることを確認したので、そこから専門の医師を呼んできて説明してほしいと頼みました。

モンスター患者の要請に応じてやってきてくれた痛風外来の医師による説明は、次のようなものでした。

人間のからだはたえず尿酸を生産すると同時に排泄しながら、その濃度（血中尿酸値）をいわゆる正常値と呼ばれる範囲の中でコントロールしている。正常値は男性の場合おおむね七・〇以下（単位はミリグラム／デシリットル）とされており、多過ぎるのもいけないが、急激に下がるのもいけない。絶食などによって、体内に尿酸の原料となるプリン体などが摂取されなくなると、血液中の尿酸量が少なくなり過ぎるので、関節液に沈着していた尿酸の結晶が剝がれ落ちることがあるそうです。

関節に炎症が起こると免疫反応が働いて、ふつうは白血球が原因物質を食べて処分するのだが、尿酸の結晶は無機物なので食べることができず、そのとき白血球から放出される活性酸素などが毛細血管を拡張させ（そのために赤く腫れる）、死滅する過程で出る乳酸が血液を酸性化して、酸性が好きな尿酸はよりいっそう結晶化しやすくなる（ますます痛くなる）……たしか、先生の説明はそのようなものでした。通風の機序については、何度聞いても難しくてよくわからないのですが、痛風が「内側から痛くなる」理由についてはなんとなく納得しました。

が、納得しても痛みは治まりません。ふつうならロキソニンなどの痛み止めを飲むところですが、胃潰瘍のため、胃に悪い鎮痛剤はいっさい飲めないので、ベッドの足元のほうにふとんを積み上げてその上に両足を投げ出し、激痛が猛威を振るうにまかせるしかありませんでした。

両足が痛風になると、痛くて足を地面につけることさえできないのですから、ベッドからトイレに行くのも一仕事です。なんとか車椅子に乗り移り、看護師の介助を受けなければ、用も足せないのです。情けないことおびただしい。

胃潰瘍のほうは、出血もおさまり、数日のうちに回復して、お粥が食べられるようになりました。そうなったら、もうＩＣＵにいる理由はないでしょう。痛風のほうはこれから腫れも痛みも増していくところだったのですが、あとは自然に治るのだからと、最後の一日を普通病棟で過ごした後、入院七日目には退院の手続きとなりました。

退院の日も、まだ痛くて足が地面につけられません。東京から信州の自宅まで、妻の運転するクルマで戻り、クルマから降りるときはワイナリーのスタッフらの手を借りて、みんなに抱きかかえられて帰還しました。

この胃潰瘍による入院のときを最後に、痛風の発作は起きていません。一回か二回、もしかすると痛風かな……というような痛みを感じたことはありましたが、そのまま痛みが増すこともなかったので、きっとぎりぎりでセーフだったのでしょう。

痛風になる者は王侯貴族の家系である、と、ヨーロッパでは言われるそうです（痛風患者が言っているのかもしれませんが）。

ヨーロッパには生まれつき尿酸値が高い一族がいて、多くの国で王侯貴族に名を連ねるのはそういう者たちである。尿酸値が高い子供はテンションが高く、幼いうちから活動が活発である。彼らは長じると人の上に立ち、なにごとかを達成するアチーバー（目標実現者）となる……ことから、そういう者たちがおのずと国を支配する立場になった、という説です。

私は血液検査で高めの尿酸値が出ていた頃は、この都合のいい説を吹聴していたのですが、さすがにいったんあの発作の痛みを経験してみると、王侯貴族になるよりも、痛風の発作が出ないほうがありがたい……と思うようになりました。

現在は、尿酸値を下げるクスリを毎朝一錠飲むことで、ほぼ正常値がキープできていま す。旅行のとき持って行くのを忘れて、十日ほど飲まなかったときはわずかに数値が上がりましたが、飲んでいるかぎりは（たまに一日か二日忘れるくらいなら大丈夫）、もうあの発作に苦しむことはないでしょう。一生飲み続ける、ということにプレッシャーを感じる人もいるようですが、毎朝の習慣にしておけば、そのおかげでなんでも好きなものを自由に飲み食いできるのですから、びくびくして暮らすよりずっといいでしょう。

遷延性肝炎——数字に一喜一憂してはいけないこと

さて、そろそろ、しばらく棚上げにしておいた肝炎の話に戻りましょう。

吐血にともなう治療を終えて、白金台の東大医科研病院をいったん退院した後、輸血後肝炎の疑いがあるから再入院するように、と言われて舞い戻ったところからです。

再入院する頃には、すでに黄疸の症状が出ていました。入院して最初にやることは、トイレに行くたびに容器を渡され、自分の尿をそこに溜めて提出することでした。トイレに行くと、同病の患者が小便器の前に並んでいます。終わって容器を出しに行くとき、ほかの患者の尿が見えるのですが、チョコレートのようないちばん濃い色の患者がなんとなく威張っているような感じでした。

肝炎というのは文字通り肝臓に炎症が起こることで、炎症が起こると肝臓の細胞が壊れます。

その壊れた細胞から、通常では血液中に出ることのない酵素が流れ出すので、血液を検査してその酵素の量を測れば、細胞がどの程度壊れているか、すなわち炎症の程度がどのくらいかがわかります。この判定のために測られる酵素が、ＡＳＴ（ＧＯＴ）とＡＬＴ（ＧＰＴ）で、肝機能が正常かどうかの目安になります。正常値の上限は（昔は四〇くらいだったのですが、最近は）両方とも三〇ということになっているようです。単位は血液一リットルあたりの値を示す国際単位です。

肝炎にかかると、潜伏期間を経た後、ＧＯＴとＧＰＴの数値がじわじわと上がりはじめます。黄疸症状が出はじめる頃には、相当上昇しているはずです。

発症してから数値が急激に上昇して一〇〇〇以上になり、意識障害があらわれるのが劇症肝炎です。肝炎になったと言われた当初は、まず、劇症肝炎になるかならないかが心配になります。劇症肝炎になると、そのまま死んでしまうこともあるからです（そのかわり劇症肝炎は治ると慢性化することなく完治する）。尿の色がチョコレート色くらいに濃くなると、数値が気になってきますが、輸血後に感染するＣ型肝炎の場合は劇症に至ることはないようです。

黄疸症状が治まって、尿の色が正常に戻ってからは、測るたびに明らかになる肝機能の数値が気になります。ＧＯＴもＧＰＴも、正常値の何倍かに増えるのがふつうで、私の場合は両者とも軽く二〇〇を超えていました。

次の心配は、これがいつ治まるかです。心配になるのでいろいろな本を読むのですが、家庭用の医学書にも、もう少し専門的な医学書にも、六ヵ月以内に治れば（肝機能の数値が正常の範囲に治まれば）急性肝炎、六ヵ月以上に及ぶ場合は慢性肝炎という、と書いてあります。詳しい本ではもう少し細かい分類をしているものがあり、六ヵ月以上一年未満の場合は「遷延性肝炎」という、と書いてあったので、辞書を引いてみたら、「遷延とは期間が延びること」とありました。

要するに、治ったあとで治るまでの期間から名前をつけているわけですが、患者にとってはあまり意味がありません。ただ、患者は治らないまま六ヵ月を過ぎるとガッカリし、一年を過ぎるとさらにガッカリし、二年目に入ると、このまま最後まで行くのか……と、もっと暗い気分になっていくのです。というのも、どの本にも、

「慢性肝炎は十年すると肝硬変に移行し、肝硬変は十年すると肝ガンになり、やがて死に至る」

と書いてあるからです。

そうか、四十代で肝炎にかかって慢性化すると、六十代では肝ガンになっていて、おそらく七十歳になる頃に死んでしまう……。

肝臓は痛みを感じない臓器なので、肝炎になってもどこかが痛いということはありません。ただ、少し動くと疲れてしまう、からだがだるい、やる気が出ない……という、傍から見れば単なる怠け者みたいな状態になるのです。とくに最初のうちは、日常の活動をしていても、すぐにボディーブローを食らったような疲労感を覚えます。

医師からは、横になると肝臓への血流量が増えるので、なるべく横になっておとなしくしているように、と言われます。睡眠時間を含めて一日十五時間は横になっているのがよい、とも言われました。一日十五時間だなんて、立ってなにかやったらまたすぐに寝なければならないので、忙しくてかえって疲れてしまいそうです。

肝炎には、これといった特効薬はありません。数値が上がってなかなか下がらないときに、「強力ネオミノファーゲンシー」という薬を注射するか点滴するくらいがほとんど唯一の方法で、これも連続してやれば多少は効果がありますが、効くといっても数値を少し下げるくらいで、それで肝炎が治るというわけではありません。

あとは、肝臓によいとされる漢方薬かサプリメントを飲みながら、ひたすら静かにおとなしくして暮らすしかできることはないのです。そうして時を過ごしながら、二週間に一度くらい、病院へ行って血液検査をしてもらう。

最初の半年から一年は、検査のたびに一喜一憂していました。

ＧＯＴやＧＰＴは、気まぐれに上がったり下がったりするのです。

今週はゆっくり休めたから、数値は下がっているに違いない……と思って期待しながら検査の結果を見ると、前回よりずっと上がっている。

最近は仕事が忙しくて疲れたから、今回の検査はダメそうだ……と思っていると、意外にスッと下がっていたりする。

まったく予測がつかないのです。

が、とにかく早く治りたい一心で、毎回の数値を記録してグラフをつくり、法則を発見して次回の数値を予測しよう……などと、数値に囚われてしまうと最悪です。ますますストレスが溜まって、そこから抜け出せなくなってしまいます。

私もそんなふうにしてさんざん数値に弄ばれましたが、一年ほど経つと、数値はウイルスが勝手に動かしているのだ、自分はウイルスの都合に付き合う必要はないんだ、と達観できるようになりました。が、それは達観というようなものではなく、時間が経つうちにからだと心が肝炎の状態に慣れて、いよいよ本格的な慢性肝炎の患者が出来上がった、といったほうが正確かもしれません。

ヒマ潰し――陶芸はダメだが絵を描くようになって救われたこと

数値を気にするのがいちばんいけない、なにかそんなことを忘れるような、趣味かヒマ潰しの方法を見つけたほうがいいですよ。

医師たちはそう言います。が、なにをやればいいのか。

ある医師は、

「囲碁がいいですよ、なんなら私が手ほどきをしましょうか」

と言ってくれましたが、これはどちらかというと、自分の趣味の仲間を増やしたい、ということのようでした。

慢性肝炎はすぐに死ぬような病気ではないし、治療する方法もとくにないせいか、先生方はいまひとつ真剣に向き合ってくれないような気がします。結局、肝炎ウイルスは患者自身が時間をかけて飼い慣らしていくしかないので、その対処の方法も医師が教えられるものではないようです。

私は、軽井沢の自宅で毎日をぐずぐず過ごしながら、なにかよいヒマ潰しはないかと考えていました。

思いついたのが、陶芸をやることでした。ちょうど友人の陶芸家が家の近くで教室を開いていたので、習ってみることにしました。

最初の日は、まず土を練るところからスタートです。大きな陶土の塊を、両手で板にたたきつけ、それからぐいぐいと力強く押して、リズミカルに練っていく、菊練りという作業。ろくろを使って陶土を成形するには、土の中の空気を抜いて質を均一にしておく必要があり、そのためにはこの作業が欠かせない、ということで、最初のレッスンが菊練りでした。

が、これはけっこう力がいるんですね。陶土は硬いので、体重を両手にかけて全力で押しつけなければならない。それを何回かやって、それからまた力を込めて練りはじめる頃には、もう息が切れて、ぜいぜい言ってしまいます。なにしろ肝炎ですから、すぐに疲れてしまうのです。先生は友人ですが、基本は外せないと言って思ったより厳しいので、こりゃダメだ、と、菊練りの途中であきらめてリタイヤしました。

なにか、力のいらないヒマ潰しはないか。

そう考えたとき、思いついたのが油絵でした。

絵は、高校二年の秋まで描いていました。日本画家だった父親は私が小学校に上がる前の年に亡くなってしまったので、直接の手ほどきを受けたことはありませんが、私は小さい頃から放っておけば家の片隅で絵を描いているような子供で、小中学生のときはあちこちの展覧会で賞を取る絵画少年でした。ちなみに文章のほうは得意というわけではなく、作文で賞を取ったことは一度もありません。

高校では美術部に入り、放課後は毎日暗くなるまで部室にこもって油絵を描いていました。都内でも有数の進学校だったので、絵ばかり描いているから成績が落ちたと担任の先生に叱られ、受験勉強をはじめると同時に美術部をやめました。美術の専門学校に進む選択肢もなかったわけではないのですが、絵描きになって成功する自信はなく、父親と同じ職業に就くのも気が進みませんでした。

それから二十五年、四十二歳を迎えるまで、絵にはいっさいの関心を払ってきませんでした。もちろんモナリザやミロのヴィーナスが日本に来たときは人並みに行列をして見ましたし、パリ留学中はルーブルやオルセーにも行きましたが、それはふつうの観光客としての行動であり、とくに絵画に関心があってのことではありませんでした。

が、陶芸に挫折したことがきっかけで、そうだ、そういえば高校のときまで絵を描いていたじゃないか、と思い出したのです。少なくとも、絵をはじめるのに菊練りをやる必要はないですから。

昔の油絵の道具など、もうどこを探してもありません。それなら一から道具を揃えようと、医科研に血液検査に行くついでに、渋谷の画材店で筆や絵具やキャンバスを買い込みました。

家に帰った明くる日から、早速制作にとりかかりました。

モデルはありあわせのものでした。台所にあったオレンジを数個とパンのかけら、マーマレードの入ったガラス瓶と、ナイフを載せた小さな皿……。画学生が描くような静物画の構図で、まずは鉛筆デッサンをはじめました。

鉛筆で下絵を描いたらフィクサティフ（定着液）で止め、テレピン油で溶いた油絵具を筆先につけて載せていく……昔やっていた手順を思い出しながら、おそるおそる描きはじめました。高校生のときの、美術部の部室にいる気分です。

それからは夢中になりました。

まず、思ったように描けない。高校生のときは、もっと簡単にもののかたちを線で捉えることができ、プロの画家のように、とは言わなくても、少なくともだいたい目で見た通りに描くことはそんなに難しくなかったのですが、二十五年ぶりの再開では、運動神経が錆びついたか、何度やっても納得の行く線が引けません。

鉛筆デッサンで正確にかたちが取れなければ、絵具を塗って修正すればいいだろうと、油絵具を塗りはじめたら……今度は切りがなくなりました。

水彩の場合はいったん紙の上に絵具を置いたら消すことができませんが、油絵は描いた上からいくらでも絵具を重ねることが可能です。塗った絵具が厚くなったら、ナイフで削ってその上から描けばよい。だからいつまで経っても終わりということがなく、自分で納得して筆を措《お》かない限り、誰かが止めてくれるまで描き続けることになるのです。

マーマレードの瓶の蓋の、斜めから見たときの楕円のかたち。遠くに置いたオレンジと近くにあるオレンジとの遠近感。皿の上のナイフに映る光と影。どれをとっても難しく、おかしいな、昔はもっとうまく描けたのに……という悔しさも手伝って、描いては直し、描いては直ししているうちに、どんどん時間が経っていきます。

それから二週間ほど、私は朝から晩までその六号のキャンバス（四一〇×三一八ミリ）と向かい合い、片時も休まず描き続けました。食事のときは描きかけの絵をテーブルの上に置いて眺めながら食べ、寝るときはベッドの横に立てかけて眺めながら寝ました。

油絵具が乾くヒマもない描きかけの絵を、あちこちの部屋に持ち歩くので、家じゅうの壁に絵具がくっついて、ひどいことになっています。テレピン油の匂いも強烈で、玄関を開けただけでプーンと鼻をつく始末。そのうえ制作中の作品ときたら、他人様には見せられない素人絵……美大出身の妻からは、

「もう、こんな下手な絵を描くのはやめてください」

と懇願されました。でも、ふだんなら妻の要望にはなんでも素直に応える私も、これだけは譲れないと、レッドカードを無視して描き続け、最後はどうしても気に入らない構図を直すべく、キャンバスの画布をいったん木枠から外して、少し位置をずらしてもう一度張り直し、画面の中のテーブルの角の線を新たに描き加えて、ようやく完成、というか、もうこれ以上は直しようがない、という状態で筆を措きました。

妻が絵をやめてくれと言ったのは、壁が絵具で汚れたり、家じゅうに油の匂いが染みついたりしただけでなく、私が夢中になるあまり、横になって休む時間はもちろん、睡眠時間さえ大幅に削っていたからです。絵が完成したときには、頬がこけ、顔色が悪く、目の下には真っ黒な隈ができていました。どう考えてみても、これでは肝臓にいいわけがありません。

ところが、絵を描き終わってから医科研に行って血液検査を受けると、出てきた数字は意外なものでした。見た目はいかにも疲れた顔をしているというのに、肝機能の数字は正常値に近いくらいに改善していたのです。

たしかに、夢中になって絵を描いているときは、肝機能の数値のことなどまったく忘れていました。数値を気にするのがいちばんいけない、そんなことを忘れるような、趣味かヒマ潰しの方法を見つけたほうがよい……という医師のアドバイスは、まさしく正鵠《せいこく》を射ていたのです。

とはいっても、肝炎は気にしないだけで簡単に治るものではありません。絵を描くことでいったんは改善した肝機能の数値も、ウイルスが自分の都合で勝手に暴れはじめると再び上昇し、その後も何度か、近くの医院に通って強力ネオミノファーゲンシーの点滴を連続して受けるなど、何度も下がったりまた上がったりする経過をたどりました。が、絵を描きはじめてから一年もすると、検査のたびに数値が激しく上下することはなくなり、正常値よりやや高めのレベルで安定したまま、日常の生活でもすぐ疲れたりするようなことはなくなりました。

結局、私の慢性肝炎はそれから約三十年も続くことになりますが、絵を描くことに夢中になり、こんなふうに絵を描いて暮らせるなら病気のままでもよい、と思うようになってから、安定した状態が手に入ったといってよいでしょう。

肝炎にかかってから絵に出会うまで約一年。肝臓の数値が落ち着いたのは絵を描きはじめてから約一年が経過した頃ですが、それまでは萎《しお》れた花や腐った果実など暗い油絵しか描けなかった私が、数値が安定するようになってからは白い紙に水彩で明るい色の花が描けるようになりました。

ヒマ潰しのために描きはじめた絵を家の壁に飾っていたら、画廊の主人から奨められて個展を開くことになり、それがきっかけで絵を描くことが私の仕事のひとつになって、版画をつくったりデパートで展覧会を開いたり、活動の場が広がって、「エッセイスト」のほかに「画家」という肩書が加わることにもなりました。

我ながら、転んでもタダでは起きない、運の強さをありがたく思っています。

主治医――なんでも相談できるかかりつけの医者を選ぶこと

四十歳で吐血をするまでは（交通事故は別にして）ほとんど病気らしい病気にかかったことがなかったので、お医者さんとの付き合いもありませんでした。

子供の頃は風邪を引くと、住んでいた西荻窪の家の近くの千木良医院というところで診てもらいました。まだ注射器などを煮沸して使っていた、昔の話です。六本木の芋洗坂《いもあらいざか》に住んでいたときは、交差点の本屋さんの二階に古めかしい耳鼻咽喉科の医院があって、花粉アレルギーで鼻や喉をやられたときに何回か行きました。そのほかは、歯医者さんに虫歯を診てもらった以外、医師や病院の記憶はありません。

また、大学を卒業してから一度も会社に就職することなく、ひとりでフリーランスの仕事をしてきたので、定期的な健康診断というのも受けたことがありません。

私が「主治医」という言葉を使うようになったのは、吐血のあと輸血後肝炎にかかってからです。

主治医、というと、大きな病院などで、複数の医師が治療にかかわるとき、その中心になる先生のことを呼ぶのがふつうです。が、病院によっては、その医療チームを統括する責任者を主治医と呼ぶこともあれば、看護師とともに病室にやってきて処置や診察をする現場の担当者（担当医）を主治医と呼ぶこともあるようです。よく、伝手《つて》を頼って有名な先生を紹介してもらい、あの病院へ行けばあの先生に診てもらえる、と期待して入院すると、その先生は入院した直後に一度だけ顔を見せに来たけれども、その後の診察は別の若い医師で、ベッドの名札にはその医師の名前が主治医として記されている……というケースはよくあります。とくに大学病院では、主治医のはずの偉い先生は、教授回診のときにおおぜいのお供を連れて病室に入ってきて、

「その後いかがですか」

とだけ言って帰ってしまい、診察に当たるのは学生に毛の生えたインターンみたいな頼りない若者ばかり……というようなことは珍しくありません。

いわゆる「かかりつけの医者」のことを主治医と呼ぶ場合もありますが、いまは地域の医院からの紹介状がなければ大学病院では診てもらえない、という時代でもあり、「かかりつけの医者」というのは、そのような地域医療にかかわる、いわゆる「町医者」のイメージが強いので、主治医と呼ぶのはちょっと違うような気がします。

私の場合は、肝炎の状態がなかなか改善しそうになかったとき、セカンドオピニオンを求めてよい医者を探していたのですが、作家の遠藤周作氏が各分野の名医との対談をまとめた本の中で、茅ヶ崎の病院で肝臓の免疫療法を研究している先生が紹介されているのを見つけました。とくに有効な治療法が確立していない慢性肝炎では、免疫力を強くするしか対抗する方法はないだろうと考えていた私は、茅ヶ崎に住んでいるテニス仲間の友人を介して、その先生と面会のアポを取ってもらいました。その日、当時病院で処方されていた薬を全部持っていって見せると、これは飲んでもいいけど、これは止めたほうがいい、と先生は私の目の前で素早く選んだ後、研究中の免疫増強剤である椎茸エキス（シイタケ菌糸体培養培地抽出物＝ＬＥＭ）の箱を私に渡し、これからはこれを飲むように、と指示しました。

これが、野村喜重郎先生との出会いでした。

野村先生はその後茅ヶ崎から都内の病院に籍を移し、三軒茶屋病院などに勤務されていたので、しばらくの間は都内で診てもらっていましたが、二〇〇〇年からは茅ヶ崎のご自宅にクリニックを併設して診療を開始されたので、十八年間、ヴィラデストから新幹線上田駅経由で辻堂の野村消化器内科まで、片道三時間をかけて通っています。

野村医院では、二ヵ月に一度、血液や尿の検査と診察を受け、六ヵ月に一度は超音波の検査を、一年に一度は胃カメラや注腸などの検査をして、薬を処方してもらっています。

またそれだけでなく、あらゆる病気と健康についてなにか疑問のあるときはかならず先生のアドバイスを求め、必要がある場合は最適の病院を紹介してもらうなど、距離が遠いのでそう頻繁には行けませんが、それこそ同じ町内にある町医者のように、まさしく「かかりつけの主治医」として長いお付き合いをさせてもらっています。そういえば、新宿伊勢丹のサイン会の日に貧血でダウンしたとき、どこの病院に行ったらいいか、妻が電話で相談したのも野村先生でした。

慢性肝炎になってよかったことはなにか、と聞かれたら、絵を描くことを再開して趣味と仕事を同時に手に入れたこと、一病息災で健康の維持に気をつけるようになったこと、そして、死ぬまで面倒を見てもらうことになりそうな、心から信頼のできる「かかりつけの主治医」を見つけたこと、と答えようと思います。

サプリメント――効いているかどうかは結局わからないこと

野村医院でもらっている椎茸エキスは、もう三十年ほど飲み続けています。シイタケ菌糸体が肝機能の改善に効果があることは多数の学会でエビデンスが認められていますが、はたして、私の場合それがどの程度功を奏したのか、明確に実証することはできません。ただ、椎茸だけでは肝炎は治らなかったとしても、免疫力の増強にはっきりとした効果をもたらしていることはたしかで、私は最近二十年以上、ほとんど風邪を引いたことがありません。風邪っぽい症状を感じることは年に一回か二回ありますが、たいていは微熱が出たとしても一日で治まり、ふつうに暮らしていると風邪のほうから出ていってしまいます。証明するのは難しいとしても、これは椎茸による免疫力強化のおかげだと私は思っています。

何年か前から、深海鮫の肝油エキスも奨められて飲んでいます。これも公に効能が認められているサプリメントですが、実際にどの程度の効果をもたらしているのか、自分自身のからだで実感することはできません。

ビタミンCの不足でからだのあちこちに不調を感じている人に、レモンを搾って与えるとあらゆる症状が劇的に改善するという話を聞いたことがあります。

水分が欠乏している人に水を与えても、きっと同じことが起きるでしょう。しかし、栄養が十分足りている人に栄養を与えても、ビタミンが足りている人にビタミン剤を与えても、目に見える変化が起きるとは思えません。

特定の病変に特定の攻撃を仕掛ける西洋医学の医薬品と違って、漢方薬やサプリメントには、副作用も少ない代わりに効果も見えにくいという特徴があります。肝炎ウイルスの活動期には火消し役を果たせなかったとしても、安定した状態に移ってからじわじわと椎茸は効果を発揮し、ウイルスの活動を抑制しながら肝炎が肝硬変に進行するのを防いだ、ということはできるかもしれません。

肝炎になって以来、数え切れないほどのサプリメントや漢方薬を試しました。が、どれも効いたのか効かなかったのか、わからないものばかりです。

たとえば、肝臓にもガンにも効くという、霊芝《れいし》。マンネンタケの菌糸体ですが、これを使ったサプリメントは数限りなくあり、肝臓が悪いというといろいろな人から奨められます。が、シイタケ菌糸体と似たようなものだろうと思い、継続的には飲んでいません。

一時、「片仔廣《へんしこう》」という漢方薬が流行ったことがありました。

片仔廣の原料は、田七人参《でんしち》という、中国大陸で採れる朝鮮人参（高麗人参）の仲間です。田七人参に含まれる有機ゲルマニウムがインターフェロンの生産を誘発し、ウイルスを破壊して肝機能を高める、という触れ込みで、いまでも相変わらず販売されていますが、一時は凄い人気で、わざわざそれを手に入れるために中国や香港まで旅行するという人がたくさんいたものです。私は友人に頼んで香港から輸入した品を使っていましたが、偽物が横行していたので本物かどうかを確認するのが大変でした。片仔廣はチョコレートの箱のような平たい紙の箱に入っていて、取り出した中身もチョコレートのように小箱と金の紙で個別包装されています。本体はチョコレート……というより固形スープの素みたいなブロックになっている（色も似ている）ので、それをナイフの先で少しずつ削って、水とともに飲むのです。

高価なものなので、買って飲んでいたのはどのくらいの期間か忘れましたが、相当おカネをかけた割には、どれほどの効果があったのか判然としません。

同じく中国の製品で、「联苯双酯滴丸（英語では BIFENDATE PILLS)」という名前の、小さな黄色の丸い粒が白いプラスチックの小型容器に入っているものも、長いあいだ愛用しました。

これは北京協和薬廠という製薬会社がつくっており、日本では手に入れることができないので、北京在住の友人に頼んでメーカーの販売所まで行ってもらい、買って送ってもらうようにしていました。ネットで輸入品を頒布している団体もあるようですが、少量の場合はとくに通関の問題などもないようなので、友人のルートで個人的に入れていました。値段は、片仔廣などと較べると問題にならないくらい安いものです。

これは、効いたかもしれません。調べてみると、この薬はＡＬＴ（ＧＰＴ）降下剤で、ＡＳＴ（ＧＯＴ）の数値には影響を及ぼさないとされているのですが、たしかにこれを飲みはじめてから、ＡＬＴ（ＧＰＴ）ははっきりと下がりました。数値が高いうちは一日三回、毎回最大十粒。安定したら、一日二回、毎回五粒など、順次服用量を減らしていくようにと説明書には書いてあります。

肝臓の専門薬以外の、免疫を強くするとか、活性酸素を除去するとかいうサプリメントの類は、それこそ枚挙《まいきょ》に暇《いとま》がないほど試しました。

肝臓を悪くする前は、ビタミンＣの大量摂取療法に凝ったこともありました。

これはポーリング博士というノーベル賞学者が提唱したもので、一日二〇〇〇ミリグラム以上のビタミンCを摂取すると、風邪を引かないばかりか、ガンさえも治療できるというものです。ビタミンCは必要以上に摂っても体外に排出されるだけですが、大量に摂ると下痢をすることがあり、ポーリング博士は毎日下痢をするくらいビタミンCを飲めというのです。私も言われた通りに毎日二グラム（二〇〇〇ミリグラム）以上のビタミンCを摂り、何回か軽い下痢をしましたが、健康の維持にどの程度の効果があったのかはよくわかりません。

ウコンの粉末、というのも飲んでいたことがあります。春ウコンがいいとか秋ウコンがいいとか、産地はどこがいいとか、うるさいことをいう人がいますが、どの程度の差があるのかわかりません。が、私が飲んでいたウコンのサプリメントには鉄分が含まれていることがわかったので、成分表を見てそれをたしかめてから、即刻中止しました。肝臓はもともと鉄分を蓄える性質があり、とくに肝炎を発症しているときは過剰に鉄分を取り込んで、そのために発生した活性酸素が炎症をいちだんと激しくしてしまうのです。このことを雑誌の記事で読んだので気になって、自分が飲んでいるサプリメントに鉄分が含まれているかいないかをチェックしたときに気づきました。

新しい病気にかかったときは、少し難しそうな医学書まで買って読んでみます。書いてあることの半分以上がちんぷんかんぷんでも、よく探せば一般の患者に役立ちそうな情報も隅のほうに隠れているものです。

そうでなくても、新聞や雑誌に健康情報は溢れています。どうでもいいようなものが大半ですが、中には看過ごせないものもあります。肝臓と鉄分の関係については、いつも送られてくる（薬や医学とは関係のない）会社のＰＲ誌に出ていました。

サプリメントは、気になりはじめると余計に気になるので、あれもこれもと買って飲みはじめます。が、そんな時期がしばらく続くと、効果があるのかないのかわからないので飽きてきて、止めてしまうことになるのです。で、今度は三ヵ月か半年くらい、いっさいサプリを飲まないで過ごしてみる。

そうすれば、それらのサプリが本当に効いているかどうかがわかるだろう……と思って飲んだり止めたりしているのですが、実のところ、何回やってもわかりません。

いまは、またいろいろなものを飲んでいます。

青魚に含まれるオメガ3脂肪酸（ＥＰＡ、ＤＨＡ）。お茶に含まれるカテキン、昆布に含まれるフコイダン。赤ワインに含まれているレスベラトロールは、ジョン・ホプキンス大学の治験で否定的な結果が出たというニュースをネットで読んだので、サプリは止めて、本物の赤ワインを飲むことで代用することにしました。

そのほかに、ビタミンCとビタミンB_{12}の錠剤、整腸剤としてアシドフィルス菌のカプセルも。

筋トレのときに摂るサプリメントとしては、ＢＣＡＡ（バリン、ロイシン、イソロイシン）、ＨＭＢ、シトルリン、グルタミン、オルニチン、アルギニンなどのアミノ酸類。それにプロテイン。一時は筋肥大（パンプアップ）のためにクレアチンを、クレアチンの効果を増すためのベータアラニンといっしょに飲んでいましたが、クレアチンの摂取はプロテインの過剰摂取とともに腎臓に負担をかけることがわかった（これは血液検査を見ての判断）ので、ひとつしかない腎臓を大事にするためにきっぱり止めました。

筋トレ用のサプリメントは粉末を水に溶かすタイプなので別ですが、一度に摂取する錠剤やカプセルだけでも相当の量になります。アメリカ製のカプセルの中には超デカイのもあって、喉のせまい人は飲みこむのに難儀すると思いますが、何回にも分けて飲むのではなく、全部をいっぺんに口に入れてから水を飲むと、錠剤とカプセルはたがいに道を譲り合いながら、うまいこと順番に喉を通ってくれるものです。

筋トレ——七十歳を過ぎても筋肉がつくこと

小学校に上がる前のタマゴの食べ過ぎが影響したか、十歳過ぎまではどちらかというと虚弱な子供でした。背は高いほうでしたが、からだは細く、駆けっこではいつもビリでした。逆上がりは、一度もできたことがありません。

からだががっしりしてきたのは、中学に上がる頃からでしょうか。筋肉がついたというより、胸幅が広くなりました。水泳が好きでよく泳いでいたことと、関係があるかもしれません。ただしクラブ活動は美術部です。水泳部からも誘われたのですが、集団行動が嫌なので断りました。

からだができてくると同時に足も速くなり、中学三年のときはクラス対抗のリレーチームの補欠（五番目の選手）に選ばれました。この頃の海水浴の写真を見ると、胸の幅だけがあきらかに大きくて、脚と腕が細いのがわかります。この傾向はその後もずっと続き、大人になってからも変わりませんでした。

よく西洋の老人で、上半身の体軀は大きくて立派なのに、腕はそれほどでもなく、脚は上半身と不釣合いなくらいに細くて、よくこの脚であの体重が支えられるな、と思わせる人がいます。私は自分がそれに似ていることを若い頃から自覚していて、みずから「西洋老人体型」と称していました。

もっと腕を太くしたい、というのはつねに変わらぬ願望でした。

そのため、中学生の頃から、兄たちがつくったセメントの塊を鉄パイプの両端につけた自家製バーベルを持ち上げてみたり、ちょうど手に乗るくらいの大きさの石を砲丸に見立てて、庭で砲丸投げの練習をしたりしていました。

雨上がりの日に庭で砲丸投げをしていたら、足が滑って転び、落とした砲丸が地面についた手の甲を直撃して、右手がひどく腫れ上がったこともありました。このときは、母が庭にあったクチナシの木の実を煎じて橙《だいだい》色の汁をつくり、小麦粉と練って湿布薬にしてくれました。クチナシの湿布は効果てきめんで、一日目から打った箇所に青紫色の痣《あざ》が広がりはじめ、数日するとその痣が嘘のように消えていきました。

大人になってからも、願望はどこかに残っていて、ときどき思い出したようにダンベルを買いました。

でも、ダンベルを買って筋トレをはじめたかと思うと、すぐに飽きて、ダンベルは靴箱の隅に放置されます。そして引っ越すときに見つかると、持って行くのも重いので友人にあげたりしていました。そうして私のもとに来てまた去っていったダンベルは、四組八個ほどになるでしょうか。

長続きしないのは、効果が見えないからです。

いちおう参考書を買って、基本のフォームやトレーニングの方法は勉強するのですが、こらえ性がなくて効果があらわれるまで待てないだけでなく、いま思うと、あのやりかたでは筋肉がつかなくてもしかたないな、という程度の知識しか持ち合わせていなかったことがわかります。

私が参考書として買った、ベースボール・マガジン社から一九六六年に刊行された（初版は一九六四年）窪田登著『ボディビルディング』という本は、薄い新書判の小さな本ですが、筋トレの基本を説く教科書のような名著で、私の二十代、三十代を通してつねに座右にありました。もちろんトレーニング理論は日進月歩なので内容に古いところはありますが、いまでも書斎の机のすぐ脇に置いてあり、ときどき懐かしく読み返します。

何回やっても長続きしなかった理由、すなわち、いくらやっても腕が太くならない最大の理由は、ジムに通わず自宅でひとりでやることに固執したからだと思います。

ジムに通ってきちんとトレーニングをすれば、年齢も若かったのですから、もっとしっかり筋肉がついたに違いありません。が、若い頃はジムにおカネを払う余裕はなく、多少の余裕ができた頃には、ジムに通うヒマがなくなっていました。それに、なによりも私はジムのトレーナーのいう通りにやるようなトレーニングが好きではなく、知らないくせに自分だけでやりたがる、悪い癖があるのです。自動車教習所へ行って教官に指図されるのが嫌で、運転免許も取っていないくらいです。

いまはホームジムをつくる人も増えたので、業務用に近い本格的なマシンを自宅に揃えることも可能になりましたが、二十代の私は六畳二間か八畳ワンルームのマンションを転々としていたので、買えたとしてもそんなマシンを置く場所はありませんでした。結婚してふたりで暮らすようになってからはなおさらで、邪魔くさい夫のトレーニング器具を歓迎してくれるような一般人の妻はいないでしょう。しかし、ダンベルを何個か揃えたくらいでは、満足の行くトレーニングができないのもたしかです。

ネットを見ると、せまい自宅アパートになんとかスペースを見つけてベンチプレスやスクワットができるパワーラックを組み立てたり、ガレージを改造して各種マシンを並べたり、必死にホームジムをつくろうとしている「セルフトレイニー」(個人トレーニング実践者）の姿が紹介されています。が、私にはそこまでの熱意がなく、ただ、もう少し腕が太くなったらいいのになぁ……程度の、実現を引き寄せるには力が足りない、漠然とした願望を抱いていただけでした。

そんなふうに何度か挫折を繰り返してきた私が、最初に家庭用のトレーニングマシンを買ったのは、四十六歳になって、東御《とうみ》市に新居を建てて引っ越したときです。マルチジムとかホームジムとか呼ばれる、ラットプルやバタフライなど十種類以上の運動ができるという初心者用のマシンで、いまでも数万円で買える程度のものです。新しい家には絵を描くための広いアトリエをつくったので、その片隅にマシンを置きました。

しかし、東御市に引っ越してきたら、トレーニングをするどころではなくなりました。ふたりで三五〇〇坪の農地を耕さなくてはいけなくなったので、春から秋までは朝から夕方まで畑に出て、帰ってきたらクタクタです。冬になってようやくひと休みできると思ったら、すぐに春が来てまた農繁期。そういえば、田畑で暗くなるまで働いたあと家でトレーニングをしている農家なんて聞いたことがありません。

最近でこそ、鋤《すき》も鍬《くわ》も持たずにただウォーキングしているお年寄りも増えましたし、町にあるスポーツクラブはランニングマシンで汗を流す人たちで満員ですが、二十年くらい前までは、農村に住んでいる人は農作業以外には無駄なエネルギーを使わないのがあたりまえでした。私もいままでは、スポーツクラブの前をクルマで通るとき、ランニングマシンを使う人たちが熱気で曇ったガラス窓の向こうに見えると、そんな無駄なことをするより畑を耕せばいいのに、と、昔の農家のような感想を洩らすようになりました。

それでも農家の人たちは、みんないいからだをしています。毎日の労働で、しっかりと鍛えているのでしょう、町の温泉に入りに行くと、思いがけない肉体美にたじろぐことがあります。

とくに、農作業では重い重量を手前に引く力が必要なので、広背筋が鍛えられます。それから、僧帽筋と上腕諸筋。もちろん足腰も体幹も強くなります。大臀筋がはっきり出ているのも羨ましい。

私も、一枚一〇キロ以上の重さがあるコンクリート製のブロックを使ってハーブガーデンをつくったとき、道に積んである百枚以上のブロックをひとつひとつ畑に運んで、縁石として並べていく作業を何日も続けたら、広背筋と僧帽筋が発達して、それまでのジャケットが着られなくなるくらい肩幅が広がりました。これではホームジムマシンが出る幕はありません。

それから長いあいだ、アトリエに置かれたマシンは、ほとんど無用の長物と化していました。大きさは縦横高さそれぞれ二メートル以内ですから、さほど大きいというわけではないのですが、使わないトレーニングマシンほど「役立たず感」のあるものはないでしょう。そのうちに、妻が物干しの代わりにシャツや靴下をぶら下げるようになり、アトリエにはいつも洗濯物が目立つようになりました。

振り返ってみると、東御市に引っ越してからは、夫婦ふたりで畑仕事をやっていた最初の十年が過ぎると、こんどはワイナリーをつくってレストランを営業するようになり、四十歳代から五十歳代は忙しくて筋トレどころではありませんでした。

それに、五十歳代もなかばを過ぎると、いまさら少し腕が太くなったところでなんの役に立つわけでもなし、このまま「西洋老人体型」で人生を終えるのも已む無しか、と達観するようになるものです。それでもときどきは思い出したように（ときどき思い出すのです）バーベルを買ったりダンベルを買ったりしたことがありますが、例によって長続きはしませんでした。

その私が、再び……というか、あるいは人生で初めて……というべきか、今度こそ真剣に筋トレに取り組もう、と思ったのは、六十五歳になってからでした。

その夏のある日、いつものようにカフェで接客の仕事を手伝い、ランチタイムの混雑も一段落したのでそろそろ家に戻ろうかと、カフェを出て、自宅のほうに向かって歩きはじめたときのことです。

カフェから自宅へは、歩いて二分もかからない距離ですが、わずかな上り坂になっています。もう二十年近く、毎日通っている坂道ですから、いつもはなにも感じないでふつうに歩いていくのですが、その日は、なんだかやけに足取りが重く感じられました。

もちろん、カフェの受付で二、三時間立って接客していたわけですから、それなりに疲れがあるのは当然です。が、そのときの重い感じは、単に疲れているというだけでなく、脚に力が入らないというか、あきらかに筋肉の力が足りない、という感覚でした。

脚の筋肉の衰え。それを自覚することは、老年の行く末を現実の場面に手繰り寄せるような、妙にリアルな実感をともなうものでした。

そうだ、筋トレをやろう。それも、脚の筋トレを。

脚部のトレーニングというのは、胸や腕のトレーニングと違ってあまり面白味がないうえに、筋肉量が多いために負荷が大きく、心肺能力も必要なキツイものになるので、これまではできれば避けたいと思ってきました。とくに若い頃は、腕が太くなるのは楽しいけれど、脚は太いより細いほうがカッコイイ、と思う気持ちもあって、脚部のトレーニングにはいまひとつ力が入らないものです。

しかし、もう、恰好の問題ではありません。歳を取って脚が衰えれば、その先に来るものは目に見えています。トレーニングをはじめるのは、いまからでも遅くない。

そう思って、新しいトレーニングマシンを買うことにしました。

膝を支点にして足首に負荷を与え、足を上下することによって大腿部を鍛える、レッグカールとレッグエクステンションのマシン。

腰が動かないようにして、両足を固定した鉄板に置き、深く曲げた膝を真っ直ぐになるまで押し伸ばすことによっておもに大腿部に負荷をかける、レッグプレスマシン。

脚部全体と体幹を鍛える、スクワットマシン。

長いあいだ埃を被っていた多機能マシンは思い切って処分しました。

多機能はよいのですが、違う種類の運動をやるときにはセッティングを変更したり、アタッチメントを取り替えたりせねばならず、面倒なので、結局はそのままの状態でできる限られた運動しかしなくなってしまいます。だから目標とする脚と体幹は専用の単機能マシンで鍛え、ついでにおこなう腕や肩などの運動は、ダンベルでできる安全なメニューだけに限定することにしたのです。

新しいマシンの選定基準は、ひとりでやってもかならず安全にできること、でした。筋トレは重量物を扱うので、安全にやるにはパートナーが必要です。上げ切れないバーベルに手を添えて助けたり、崩れた体勢を支えたりする人がいないと、事故に繋がるおそれがあります。危なくなったときは持っているバーベルを放り投げてしまえばよいのですが、ジムの頑丈な床ならともかく、アトリエのフローリングは壊れてしまいます。それを避けようと最後まで手を離さずにいると、肩を脱臼するなどの事故に繋がります。もう歳なのだから、そんな無理をせずに、絶対安全にできる方法を、と考えて、新しいマシンはすべて、重量物を支えるアームがついていて、いつ手を離しても安全なシステムになっているものを選びました。

人間は、歳をとっても、正しい方法でトレーニングをすれば、かならず筋肉がつくものです。そのことは実感しました。ただし、若い頃のように、がむしゃらにやってすぐに飽きるのではなく、ボディービルの専門誌を読んで最新の理論と方法を研究し、慎重に最適のプログラムを組んで、重量よりは回数を増やして追い込むようにし、必要な栄養を十分に摂り、もっと必要な休養をたっぷり取って、疲れたときは日課だからといって無理にトレーニングせず、細く長く続けることを目標に、筋量の増大より筋力の現状維持をめざすこと。……そう、自戒しながら、七十歳を過ぎてからも筋トレを続けています。

そのために、アトリエはさらに手狭になりました。もう、アトリエなんだか、ホームジムなんだかわかりません。というか、ふつうに見ればジムの片隅で絵を描いているとしか思えないでしょう。それでもときどき目を離すと洗濯物が干されているのは、敵もなかなかの根性だと思います。

いちいち調整が必要な多機能マシンのときと違って、それぞれの単機能マシンには自分で決めた重量のプレートをあらかじめセットしておくので、いつでもやろうと思えば準備なしではじめることができます。アトリエの隅にはプロテインやアミノ酸と小型冷蔵庫を置いた台を用意して、必要な補給がいつでもできるようにしてあります。

仕事が立て込んでいるときは頻度が少なくなり、時間に余裕ができるとプログラムが長くなるなど、トレーニングの量には多少の増減がありますが、そんなふうにして高齢者になってから本格的にはじめた筋トレで、長年の悲願だった、腕の太さも少し増したような気がしています。

ダイエット――体重は自由自在にコントロールできること

高校に入る頃からはっきりと目立つようになった私の西洋老人体型は、体軀の上部に脂肪がつきやすいので、油断をするとすぐに太ります。高校二年の秋に美術部を退部してクラブ活動に終止符をうち、受験勉強をはじめると、すぐに体重が増え出して、三年生の春には七五キロに、一年の浪人を経て大学に入学したときは、八四キロにまでなっていました。ちなみに私の身長は、高校一年で伸びるのが止まり、それ以降、一七〇センチと自称しています（……私は長いあいだそう自称していたのですが、最近また入院したときにひさしぶりに計測したら、一六七・五センチしかないと言われました。背は歳を取ると縮むんですね）。

入学したときは、かなり太った状態でした。

新入生はあちこちのサークルから入部を奨められますが、私は、なにを考えたか、茶道部（だか、茶道研究会だか）に入ろうと思いました。そのときの心理は、いま考えてもよくわかりません。入部を勧誘する女の子が可愛かったからでも、日本の伝統文化にとくに興味があったわけでもないのですが、なぜかそう思って申し込みに行ったのです。

するとそのときに、応対してくれた先輩（たしか女性でした）から、

「正座はできますか」

と訊かれたのです。

意外な質問でしたが、たしかに茶室では正座ができないとまずいでしょう。それから先のことは、実際に部室の畳の上で正座をさせられたのか、ただ質問だけでおしまいになったのか、記憶が残っていないのですが、その屈辱感だけははっきり覚えています。

太っているから正座ができない。言われてみればその通りでした。膝を折れないわけではないのですが、正座をすると太ももの脂肪が邪魔をして、ぐらぐら揺れて安定しないのです。先輩は私の体型を見てすぐにわかったのだと思いますが、私はそれを見透かされたことが悔しかった……。

正座だけでなく、椅子に座って脚を組むこともできませんでした。

太ももが太いので、片方の脚をもう片方の脚の上に載せようとしても、うまく載せられないのです。無理に組もうとすると、滑ってしまう。その瞬間を目撃されるのも、いささか自尊心を傷つけられるものでした。

そんなことがあってからしばらくして、同級生に好きな女の子ができました。すると、それまで気にしていなかった自分の体型が突然気になりはじめ、彼女に好意をもってもらうためにはこの肥満を改善して、正座も足組みもできるような体型にならなければいけないのだ、と思い、ダイエットをやろうと決心しました。

結論を言えば、私が彼女にモテなかったのは肥満が原因ではなかったようで、その証拠に痩せてからも彼女の心を射止めることはできませんでしたが、恋のモチベーションというのは強力なもので、とにかく痩せよう、と強く思ったのです。

が、ダイエットなんてどうやったらいいのか、やりかたがわかりません。そのときは方法を学ぶより一日も早く痩せたい気持ちが勝っていたので、とにかく、カロリーのアウトプット（出）がインプット（入）を上回ればいいのだろう、とだけ考えて、朝メシは抜き、昼はもりそば一枚、夜はサラダとわずかな肉の赤身……という、滅茶苦茶なダイエットを開始したのです。

運動もしなければいけないと、腹筋運動と腕立て伏せを繰り返し、買い込んだダンベル（思えばこれが「筋トレ道具マニア」のはじまりでした）を闇雲に振り回しました。本当は筋トレ（ウェイトトレーニング）ではあまりカロリーを消費しないので、脂肪を燃やすためにはランニングなどのカーディオ（有酸素運動）をやらなければいけないのですが、そのときはまったく知識がありませんでした。

それでも、とにかくカロリーの出入りはマイナスになったので、体重は落ちました。

約半年で一四キロ減って体重は七〇キロに、ウエストは九八センチから八五センチに。

ダイエットをはじめる前は、バスト・ウエスト・ヒップがともに約一メートルというドラム缶のような体型でしたから、多少はくびれができたことになります。なお、体重とウエストとの関係は、〈体重（キロ）＋15＝ウエスト（センチ）〉というのが私の場合の公式です。

これが、私の最初のダイエット体験です。これをきっかけに、栄養や運動についての勉強をするようになり、自分の闇雲ダイエットがいかに間違っていたかを知りました。

しかし、その後しばらくは標準的な体重を維持していたものの、二十歳代の終わり頃からフリーランスの物書きになり、食べ歩きの記事などを担当するようになると、また太りはじめました。二十九歳で、また八〇キロ。

このときは「一週間に二・五キロずつ痩せる」と目標を決めて、きっちりその通りに痩せました。

一日の摂取カロリーは一二〇〇キロカロリーと決め、自分でカロリーを計算しながら料理をつくります。参考書は、不滅の名著『食品80キロカロリーガイドブック』（女子栄養大学出版部刊）。私はこの本で、食品のカロリーを見ただけでだいたい計算できる知識を身につけました。

運動は、ほぼ毎日、住んでいたマンションの近くに公営のスポーツセンターがあったので、室内のランニングコースで三～五キロを一キロ五分のペースで走った後、プールで水泳を一〇〇〇メートル（クロールで二十二～三分）というメニューをこなしました。こちらの参考書は、実業之日本社の『点数制健康トレーニング』（ケネス・クーパー著／原禮之助訳）という新書で、おそらくこれは日本で初めて「エアロビクス」という言葉を紹介した本ではないかと思いますが、ランニングや水泳その他の運動をその強度（量と時間）に応じて点数であらわし、エネルギーを消費する目安をわかりやすく示したのがこの本の特徴です。

毎日の摂取カロリーを計算し、運動で消費したカロリーと較べながら、毎朝体重を測ってその変化を追っていくと、消費カロリーが摂取カロリーより七〇〇〇キロカロリー多くなると体重が一キロ減ることがわかりました。いまではこの数字が一般的に知られていいますが、当時はそんな情報はなかったのに、私は自分の体感からこの数字を割り出すことができました。学生の頃の闇雲ダイエットより、相当進化したといえるでしょう。

これ以降、三十代まではときどき大きな体重の増減がありましたが、そのたびに目標を定めたダイエットを実行し、予定通りに体重を落としてきました。

現在は、妻と妻の妹と私の三人で食事をすることが多く、私が料理をつくってふたりが片付ける、という役割分担になっていますが、食べ過ぎだね、ダイエットしなくちゃね、と三人とも口癖のように言いながら、好きなものを好きなだけ食べています。多少太り気味かもしれませんが、わざわざ減らすほどでもない、というところでしょうか。

私は、春から秋までの「夏体重」を六七キロ、農閑期の「冬体重」をマックス六九キロと決めて、微調整をしながらこのガイドラインを守っています。秋から冬に体脂肪を増やすのは動物の知恵で、寒い山国の冬は太めのからだで暖かく過ごします。春になると生野菜がたくさん食べたくなり、夏は忙しくからだを動かすので、なにもしなくても体重は少しずつ減っていきます。長いあいだの経験から、ようやく自然の摂理に身を任せることができるようになりました。

ヨガ——インドで行者になろうかと思ったこと

ダイエットは、はじめるより止めるほうが難しいものです。もちろんはじめるのにも決心は要りますが、いったんスタートして順調に体重が落ちはじめると、今度はいつ止めるかが問題になります。目標の体重まで痩せても、そこですぐ止めたらリバウンドすると思うと、怖くてなかなか止められません。

ダイエットが成功するか否かの分かれ目は、食べる量を減らしてお腹が空いたとき、その空腹を辛いと思うか、空腹だから私はいま痩せているんだ、と思ってよろこぶか、その感覚の違いだと思います。空腹であることがうれしく思えるようになれば、ダイエットは成功したも同然です。

ところが、いったんそういう感覚になると、しだいに、たくさん食べることが罪悪であるかのように感じられてきます。この感覚が行き過ぎると、拒食症などに繋がっていくのでしょう。

私も、三十歳前後のことだと思いますが、少し太ったのでダイエットを計画し、予定通りに終えたとき、このまま続けたらどこまで体重が減るだろうか、という、ちょっと危険な誘惑に駆られたことがあります。

ダイエットが終盤に近づくと、そのような気分になることは珍しくありませんが、ふつうの場合は、いくら食べる量を減らしても体重がある程度以上は減らなくなるので、そこで限界が来たことを悟って試みをやめるものです。

が、このときは、関心がやや別のほうに向かい、ダイエットの先にあるものとして、心とからだの無駄を削ぎ落とす、自然食とヨガをやってみようと思いついたのです。

私は早速、自然食（マクロビオティック）とヨガに関する参考書をありったけ買い込んで、勉強と実践をはじめました。もちろん家でつくる料理も玄米菜食にし、昼は外食をする代わりに自分で弁当をつくって持って出ました。

その頃はフリーライターだったので、編集部での会議だの関係者との打ち合わせだの、会食の機会も多かったのですが、玄米菜食に凝り固まってからはその手の誘いをすべて断り、昼になると黙ってひとり抜け出して、人気のない公園のベンチで玄米弁当を食べたものです。

ダイエットのときにやっていた運動は、さらに激しく続けました。

ランニングや水泳のほかに今度はヨガの体操と瞑想が加わったので、ますます時間を取られます。朝六時に起きて、ジョギングをして五、六キロ先の公園に行ってそこで般若心経を朗誦《ろうしょう》し、また走って帰ってきて、こんどはヨガのポーズと呼吸法を一時間……私は、このまま自分はヨガ行者《ぎょうじゃ》になるのでは、と考えたことが何度もあります。

実際、インドのヨガ行者の書いた本を何冊も読み、高名な行者のアシュラム（道場）がどこにあるかを調べて、入門を志願する手紙を書こうと思いました。しかし、入門する以上はすぐに帰れないだろうから、仕事の整理もしなければならないし、同居の女性とも別れなければならない……と、現世のしがらみを断ち切る方法を考えているうちに時間が経ち、実行するには至りませんでした。が、菩提樹の下で風に吹かれながら瞑想する……六本木のアパートの六畳間でひとりヨガのポーズを組みながら、頭の中の風景はすっかりインドでした。

私は心が弱いのでもろもろの情を断つことができず、どうやらインドには行けそうにないことがわかると、目標を国内に変え、当時静岡県の三島にあった、沖ヨガ道場を訪ねることにしました。ただし、仕事をやめて入門するのではなく、とりあえず二週間ほどの体験入門の道を選びました。

沖正弘（一九二一〜八五）は、日本のヨガの草分けとされる導師であり、禅や医学を取り入れた独自のヨガを提唱して、日本に最初のヨガブームをもたらした人として知られています。私はヨガに興味をもちはじめたとき、インドの行者の本を読むとともに、沖ヨガの教科書で写真を見ながらポーズや呼吸法を学んだので、国内で修行するならここしかない、と思ったのです。

私は仕事を休んで、三島まで出かけていきました。

道場は三島の市街から離れた辺鄙《へんぴ》な場所にあり、あまり立派でない古い建物は、ちょっと怪しげな雰囲気を醸し出していました。まだオウム真理教が世間を騒がせる二十年以上も前のことですが、近所の人たちも、道場を訪ねて来るのは相当の変わり者だと思っていたようです。

もちろん電話で予約してから行ったのですが、受付を訪ねると、まず予定の日数に応じた所定の料金を支払うように言われ、途中で止めても返金はしない旨が告げられます。そして、身分証明書から財布から一切合財を取り上げられ、身一つで道場に入るのです。滞在中の食事も宿泊もすべて料金に含まれているので実際に財布は不要なのですが、それらの私物は導師の許可がない限り返却しない、とされているのは、脱走を防ぐためであることがすぐにわかりました。

道場で修行をしている人の数は、百人以上いたのではないでしょうか。とにかくたくさんの人が、合宿生活をしていました。女性や外国人もいましたが、いちばん多いのは中年の男性でした。人生に悩んだサラリーマンが、駆け込み寺のように救いを求めてくるのかもしれません。そのほか、学生運動の活動家や、医者に見放された重病人、精神や肉体の障害をもった方などが、少なからずいたようです。いまのような、若い女性が健康やスタイルのためにやってくるヨガ教室とは、だいぶ雰囲気が違います。

着いたのは午後ですが、入るなり行法《ぎょうほう》をやらされました。言われる通りにからだを動かし、それから作業の手伝い、部屋の掃除など。夕食はモリソバ一枚でした。夜も講義や瞑想の指導があり、ふとんに入って眠れるのは午前零時です。

朝は、四時起床。叩き起こされて、読経、ランニング、水浴。ナスを焼いて炭にしたもの（なす黒）で歯を磨いた後、朝食は、たしか味噌汁一杯だったと思います。野菜が入っていたはずですが、覚えているほどの量ではありません。午前中はまた各種の行法を習って、昼食は玄米一膳にわずかばかりの野菜の煮物。

午後の時間は、ヨガのポーズを学ぶ時間もありますが、大半はさまざまな作業を手伝わされました。材木を運んだり、穴を掘ったり。道場の建設や補修に駆り出されているような感じでしたが、それも修行のひとつなのでしょう。

特徴的なのは、時間割をいっさい教えてもらえないことです。

行法、瞑想、導師の講話、各種の作業にさまざまな運動……やることはたくさんありますが、その順番は決まっていないので、導師（またはその弟子である道場のリーダー役）の命令一下、全員が言われた通りに動くのです。行法をやっていたら突然作業に行けと言われたり、講話が途中で打ち切られてランニングがはじまったこともありました。

いつ、なにが起こるかわからないので、予定を立てることも、心構えをすることもできません。最初は突然の命令がひどく理不尽なものに思われ、不快を感じますが、不思議なことに、そういう状態が数日も続くと、人間は自分で判断することを放棄し、言われたままに動くようになります。

私は最後まで馴染めませんでしたが、おそらく多くの人は、そんなふうに他人の意思で動かされているうちに、最初に感じた不快はしだいに薄れていき、なにも考えなくてもよいことに慣れていくのではないでしょうか。そのほうがラクだ、と感じるようになるかもしれません。

なかには、その理不尽さに抵抗しようとする人もいました。中年の恰幅のよいサラリーマンで、入ってきたときから不満を洩らしていましたが、入所数日後に脱出をはかり、二階の窓から庭の木に飛びつこうとして落ち、命をなくした……らしいと入所者のあいだで噂になりました。自殺を試みる人は、毎年何人かいるらしいです。

そのかわり、滞在しているうちにノイローゼが治った人は、もっと多かっただろうと思います。人間は、時間があるからノイローゼになるのだ、と言われます。次から次にやることを命令され、ものを考える時間もないほど忙しいと、それまでくよくよ悩んでいたこともみんな忘れてしまうのです。

少量の菜食という食事も、思考力の低下に少なからず寄与していたものと思われます。少なく食べてたくさん運動する「少食多動」の生活は、宗教的な瞑想に近づくひとつの方法とされています。これらのシステムの組み合わせで、実際にノイローゼから解放された人は数多くいたはずで、だから道場はいつも満員の人気だったのでしょう。

私は二週間の滞在予定でしたが、二週目のある日、パートナーを背中におんぶして広い畳の部屋の端から端までを走る、という運動（というか、これも行法のひとつ）をやらされていたとき、たまたま当たったパートナーがデカイ奴で、ようやく背負って走り出したまではよかったのですが、部屋の真ん中あたりまで行ったところでバランスを崩し、背中の筋肉がよじれて、あまりの痛さにギャーッと叫んで倒れ込んでしまいました。

それから帰りの日まで、数日間は部屋の隅のふとんで寝て過ごしました。背筋が、断裂こそしなかったものの、あきらかに損傷していて、翌日から大きく腫れ上がって痛みが取れなかったからです。その分、作業や運動をやらないでよかったのはラクでしたが、残りの日を無駄にしたのはいささか残念でした。

いま、あのようなかたちの道場が運営されていたとしたら、きっと問題になっていたと思います。クレームがいっぱい出て、サイトが炎上したかもしれません。が、実践的な宗教活動家としても出色の存在であった沖正弘という人物しかなし得なかった事業であることを考えると、その時代背景とともに、私がヨガに夢中になっていたあの頃を懐かしく思い出します。

ダイエット、ヨガ、玄米菜食……いったん熱中すると、どこまでも突き詰めて行き、止まらなくなってしまう。テニスも筋トレも、絵を描きはじめたときもそうでした。どこで止まるかは、自分にもわかりません。

テニスは吐血で止まりましたし、絵は仕事になってしまったのでその後もコンスタントに続けていますが、ふつうはどこかで終わりが来て、興味が急激に醒めていきます。ダイエットの場合は限界体重（私の下限は五六キロです）に達したとき、筋トレの場合は仕事が忙しくなって時間が取れなくなったとき。ヨガと玄米菜食は、三島の道場から帰って数ヵ月後、パリへ取材旅行に行ったのが最後となりました。

私はパリでもヨガと玄米菜食を続けるつもりで、パリ市内のヨガ教室と玄米菜食の店、ベジタリアンのインド料理店などのアドレスを調べて行ったのですが、最初の日の昼下がり、街を歩いていたら、舗道に張り出したカフェのテラス席でおいしそうに食事をしている人が目に入りました。ランチタイムの定番、ビフテキとポンムフリットの定食を食べています。ほどよく焦げ目がついた熱々のステーキを、ナイフで切ると、ミディアムレアに焼けた肉からはうまそうな肉汁が……。

それを見た瞬間、私はふらふらっと、吸い寄せられるように店に入っていきました。修行が足りなかったのでしょう、これが一巻の終わりでした。

パリ旅行の直前、六本木のアパートで私がヨガのポーズを取っているとき、カメラマンの友人が訪ねてきて、玉さん、ラーメン食いに行こうよ、と私を誘ったら、私は、

「ラーメンなんて、そんな毒のようなものを食ってはいけない！」

と一喝したそうです。私はよく覚えていないのですが、彼はいまでもそのときのことを愉快そうに話します。そんな厳しい求道者が、コロリと「転向」するなんて……。

伊丹十三さんが、映画監督になる前、ある雑誌の編集長をしていたときがあって、私は企画の打ち合わせで知り合ってお付き合いをするようになったのですが、

「玉村さん、ぼくらみたいなのを、カタストロフィー症候群って言うんだって」

と、楽しそうな声で電話をしてきたことがありました。伊丹さんも、精神分析だったり料理だったり映画だったり、あることに熱中するとどうにも止まらなくなって、とことん追求するタイプですが、突き詰めるところまで突き詰めると、ある日を境に、ぷっつりと「憑《つ》きものが落ちたように」興味を失うことが多いそうです。急激にピークに達して突然終わる「飽きやすい凝り性」のことを、カタストロフィー症候群というらしい、と、どこかから言葉を仕入れてきて、君と同じだね、といって笑ったのでした。

夢中になった憑きものは、落ちた後にも痕跡を残します。私が昔やったことを「ときどき思い出す」のはそのせいで、体力が落ちて筋トレができなくなったら、またヨガを思い出すかもしれません。

エアロビクス——ジョギングをするようになってタバコを止めたこと

エアロビクスはふつう「有酸素運動」と訳されますが、アメリカでは心肺系の運動を総称して、「カーディオ（CARDIO＝心臓の）」と呼ぶことが多いようです。

ダイエットを効果的におこなうには、走ったり、歩いたり、泳いだり、といった、心拍数が上がる（心臓と血管に酸素を取り入れる）運動をする必要があります。運動そのものによって消費されるカロリーはたいしたことがありませんが、からだ全体の新陳代謝を促し、痩せると同時に体型をシェイプアップすることは、食事制限だけではできません。

私のランニングは、本格的なダイエットの開始とともにはじまり、ヨガと玄米菜食に凝るようになってからエスカレートしました。本当は水泳が好きなので毎日でもプールに行きたいのですが、時間を取られるのでそうもいきません。ランニングなら、プールがやっていない日でも時間でも、いつでも好きなときにできるので、走ることが私のカーディオの中心になったのです。

当時住んでいた六本木のマンション（といっても倉庫の上に建てられた二階建て木造賃

貸アパートですが）は、六本木交差点から麻布十番のほうへ下る芋洗坂に面していたので、部屋を出て階段を下りると、軽くストレッチをしながら交差点まで歩いて行き、そこで角にある三菱銀行（当時）の電光時計で時刻を確認して（分を示す数字がカチャッと切り替わる瞬間を見定めて）から、スタートします。

まず芋洗坂を下って、一の橋から、赤羽橋へ、高速道路のすぐ下の道路を走ります。赤羽橋で折り返すのが基本のコースですが、時間があるときは芝公園まで行って東京タワーを一周することもありました。

復路は同じく一の橋から芋洗坂を上り、六本木交差点まで駆け抜けます。最後の上り坂を登りきって、交差点の横断歩道のところまで行ってから、三菱銀行の時計を見て所要時間を測るのです。夕方になると芋洗坂も交差点もかなりの人混みで、そのあいだをときどきぶつかりながら全速力で駆け抜ける迷惑なランナーが私でした。

ランニングと呼ぶかジョギングと呼ぶかは走るスピードの差によりますが、一キロ五分なら両者の境目くらいだと思うので、まあどちらでもいいことにしておきましょう。その頃は雨の日もカッパを着て走るほど熱心で、スピードもランニングに近かったと思いますが、その後はしだいにジョギングとしか呼べない走りになっていきました。

私がタバコを止めたのも、走りはじめたことがきっかけでした。

二十歳になると人並みにタバコを喫いはじめた私は、フランスに留学してからは「ゴロワーズ」とか「ジタン」とかいうフランス煙草を咥《くわ》えながらしゃべるのが粋だと思い、帰国してからはパイプに凝って、自分で木塊から切り出してパイプを成形したこともありました。六本木に住んでいた頃はパイプか葉巻をやっていたのではないかと思いますが、タバコを喫ったときと喫わないときではあきらかに走ったときの調子が違うことに気づいたので、私は二十九歳のとき、走るためにタバコを止めたのでした。それ以来、タバコは一度も喫っていません。

走ること自体は、これまた断続的にですが、その後も続けていました。軽井沢に引っ越すと、毎日テニスをやるようになったので無駄に走ることは止めましたが、そうこうしているうちに輸血で肝炎になってしまったので、ランニング（ジョギング）そのものと縁が遠くなってしまいました。

現在は、もっぱら近くの里山を歩いています。

毎朝、犬を連れて里山からその下の集落をひとまわりするのですが、所要時間は約二十五分。できるだけ強い速足で歩き、犬がウンコと小便をするときだけ休みます。

私がランニングに凝っていた頃は、有酸素運動は二十分以上続けないと意味がないと言われていました。ダイエットの一環として体重を減少させる効果を求めるには、スタートから二十分を過ぎてからの経過時間が大切で、二十分以下ではやらないのと同じ、と教えられました。それがいまは、十分間でもいいからやれば効果がある、ということになっています。

最近はとくに、体調の管理や生活習慣病の予防、ガンにならないためにも運動することが大切である、と言われますが、そのためにはかならずしも長いランニングをする必要はなく、週三回、一回二十分だけ速足で歩けばよい、という人が多いようです。三分間速足で三分間ゆっくり歩き、また三分間速足で……という繰り返しがよいと説く先生もいますが、いずれにせよ昔よりだいぶハードルが低くなりました。

運動の理論も、医学と同じく日進月歩です。筋トレとカーディオ（マシンランニングなど）を続けてやるとき、昔はウォームアップを兼ねてまずランニングをしたものですが、いまでは筋トレを先にやるのが常識になっています。有酸素運動を先にやると、筋肥大の効果が薄れるのだそうです。もし先にやる場合は、両者の間隔を数時間は離したほうがよいと言われています。

犬の散歩は原則として毎朝早い時間にやりますが、犬のウンコと小便だけでなく、村の中を通るので、知っている人に出会う確率も高く、ときどき十分な運動にならないことがあります。そのために、夕方を待って、里山の尾根筋をウォーキングすることもよくあるのですが、最近はクマが出るので、あまり山の奥のほうへ行くのは控えています。

クマたちは、自宅の北側にある山の中に昔から棲んでいるのですが、最近は、下のほうにまでやって来ることが増えたのです。ヴィラデストのカフェの真向かいにうちの山よりも少しだけ低い里山があって、山頂まで往復するとちょうど二十分くらいなので、恰好のトレイルウォーキングコースにしていたのですが、最近、その道沿いに仕掛けた罠にクマが二回もかかりました。最近のクマは鈴を鳴らしても音楽を流しても効果がないというので、おもちゃのピストルをパンパンと鳴らしながら歩いたらどうかと思い、「火薬銃ビックバンR‐3八連発」という小さなおもちゃの拳銃をネットで買ったのですが、はたして効くかどうか、まだ山の中にウォーキングに行く勇気はありません。

外反母趾——靴を買うのが嫌いなこと

私は靴を買うのが嫌いです。新しい靴を履くと、当分のあいだ右足の痛みに耐えなければならないからです。

私は花粉症の歴史を自慢しましたが、外反母趾《がいはんぼし》とはもっと古くからの付き合いです。おそらく、日本人のほとんどがまだその言葉を知らない頃からの。

右足の親指の付け根にある骨が、突出して膨らんできたのは、はっきりと覚えていませんが、高校生になるかならないかの頃だったと思います。左足のほうも同じ箇所が同じように突出してきましたが、右足のほうがひどく、親指はほとんど人差し指に食い込むように曲がっています。

原因は、革靴だと思います。

私が中学生だったのはいまから六十年近くも前のことですが、あの頃の中学生は、革靴を履いて学校に通うのがふつうでした。革靴を履いて、肩からはズックの鞄……といってもいまの人はわからないと思いますが、ズックというのは帆布にも使われる平織りの厚い布のことで、当時の中学生は、厚い布製の鞄を、肩から斜めに掛けて歩いていました。鞄には本体と同じ丈夫なズックでできた、幅の広い肩掛けベルトがついていたので、首を通してそれを肩に掛け、鞄を腰のところで支えるのです。ズックの色は白ですが、すぐに汚れて泥のような色になりました。

運動靴（……スニーカーという言葉もまだありませんでした）もズックでできていましたが、通学のときは革靴を履き、校舎の中では下履きとしてズックの靴を履いたように覚えています。思えば、このときの革靴と肩掛け鞄が、長じてからの体軀の変形に決定的な影響を与えたのです。

肩掛け鞄は、首からベルトを掛けるときに、鞄が右に来るように掛けるか、左に来るように掛けるか、選ばなければなりません。私は一年生のときに鞄が右に来るようにベルトを掛け、そのまま三年間、ずっと鞄を右の体側で支えながら通学したのです。

相撲取りに右四つが得意の力士と左四つが得意の力士がいるように、たいていの人はどちらかの側がしっくりくるのです。利き目とか利き腕とかがあるのと同じで、おのずから自分にとってラクなほう、掛けて気持ちがよいほうに掛けるのでしょう。

しかし、いまにして思えば、担任の先生か、保健体育の先生でもよいけれども、入学したときに、掛け鞄のベルトは一日置きに掛けかたを変えるようにと、どうして注意してくれなかったのか、返す返すも残念です。一言注意してくれれば、三年間同じ方向に背を傾けて鞄を掛け、そのために背骨が曲がることもなかったのに……。

十代前半の若いからだに、一定方向に力を加え続けるのは危険なことですが、それは革靴の場合も同じです。まだ柔らかい若者の足の指を、硬い革靴で締めつける。ヨーロッパの街を歩くと矯正用の靴を扱う医者を兼ねた靴屋の店が目立ちますが、あれは小さい頃から家の中でも靴を履く習慣が、外反母趾を増やしているからです。日本にはそんな習慣はないのに、昔の中学生は制服を着たときは革靴を履くものと決められていたので、まるでヨーロッパのように外反母趾の少年が生まれたのです。

若い頃は、靴を履くたびに痛みを覚えました。革靴でなくても、スニーカーでも慣れるまでは痛みがあります。大人になって多少は高級な靴を買えるようになると、高い靴は革が軟らかいので痛みはやや少なくなりましたが、それでもまったくなくなるわけではありません。

そういえば、沖ヨガの道場にいたとき、沖導師による個人指導の時間、というのがありました。ひとりひとり、からだの具合や心の悩みなどを導師が聞き、実際にからだを触りながら、具体的な運動や行法を伝授することで心身の不調を修正する、というものです。

私はそのときに、背骨が曲がっている、と言われました。それも、S字形に曲がっていると。それまでは誰にも指摘されなかったことですが、その個人指導の翌日にデカイ男を背負って背筋を痛めたのは、きっとその背骨の曲がりが影響した結果なのでしょう。

沖導師は、個人用の修正体操を考え、図に描いて渡してくれました。仰向けに寝て、左足を大きく曲げて足裏を右のふとももの上部に押しつけ、上半身を左右に捻る……など、何種類かの体操を示し、これをやり続ければ背骨の曲がりは修正できるだろうと。

そう言われて、私は大胆にも導師に質問をしました。

「背骨が真っ直ぐになると、なにかいいことがありますか」

すると導師は慌てず、

「まったき健康が手に入る」

とお答えになったので、私はさらに、

「背骨が曲がったままだと、どうなりますか。私は文章を書いて身を立てたいのですが、やはり背骨は伸ばしたほうがよいでしょうか」

と質問を重ねました。

導師の答えは、こうでした。

「健康はともかく、芸術や文学は、少しくらい曲がっていたほうがよい場合もある。あまり健康になり過ぎても、よい作品はできないかもしれない」

さすが……。

私はこの言葉を聞いて、沖導師を本当に素晴らしいと思いました。このときから私は導師の言葉を玉条として、背骨を正す努力は今日までしていません。

同じように、外反母趾も、いまさら直しようがありません。骨を削れば直ると言われたこともありますが、もうこの歳になっては、わざわざ手術をするまでもないでしょう。新しい靴を買うときに、少しだけ痛いのを我慢すればよいのですから。背骨の曲がり（脊椎《せきつい》側彎症《そくわんしょう》）も外反母趾も、ともに自分が中学生だった頃を懐かしく思い出すよすがとして、死ぬまで付き合いたいと思います。

ウサイン・ボルトは、先天性の脊椎側彎症だと言われています。外反母趾の一〇〇メートルランナーはいるでしょうか。

インプラント――自分で噛んで歯を割ってしまうこと

職業柄、写真を撮られることが多いのですが、カメラマンはかならず、笑ってほしいとリクエストします。歯を見せて、大きく口を開けて笑っている写真。いつもそう要求されるので、私は自分から、大笑いですか、中笑いですか、小笑いですか、と訊いて、望み通りの笑顔を瞬時につくることができるようになりました。

昔、ある友人の純文学作家が言うことには、

「俺のときはかならず、物思いに耽《ふけ》っているような、難しそうな顔をするように言うんだよな。笑った顔をしても撮ってくれない」

彼は、本当はすぐに人を笑わせるひょうきんな人なのですが、読者のイメージは渋い顔なのでしょう。カメラマンが笑顔を撮ったとしても、雑誌には載らないと思います。

私の場合は、実際に一日のうち大半の時間は笑って過ごしていますし、そんなふうに楽しそうに笑っているところが売り物（？）なので、カメラの前ではよろこんで笑顔をつくりますが、大きく口を開けたときは、ちょっと歯が気になります。

歯医者さんには、子供の頃から何度も通いました。虫歯が見つかったり、夜中に急に奥歯が痛んだり、歯槽膿漏を疑われたり……大人になってからも含めて、これまでの生涯で何度歯科医の門を叩いたかわかりません。が、その割には、私は自分で自分の歯のことをあまり把握していないような気がします。

歯科医師は、患者の顔は覚えていなくても歯のことは覚えている、といいますが、私の歯のことをいちばんよく知っているのも歯医者さんです。歯は鏡を使わない限り自分では直接見ることができないので、少なくとも私の場合は、どうしても神経が行き届かなくなるのです。だから、診てもらうといつも、もっと歯をよく磨きなさい、きちんと手入れをしなさい、と注意されてきました。

東京に住んでいたときは、ときどき、昔診てもらったことのある歯医者さんに、街で偶然に顔を合わせることがありました。

そういうとき、私は一瞬たじろいで、思わず手で口を隠そうかと思います。口の中を見透かされて、きちんと手入れをしていますか、と詰問されるように感じるからです。もちろんバッタリ顔を合わせればにっこり笑って挨拶をしますが、そういうときの私の笑顔は歯を見せない小笑いです。

これまでいろいろな歯医者さんに診てもらいましたが、困るのはおしゃべりの歯医者さんです。

診察台の上で横になっている私に、口を無理やり開かせるプラスチックの輪っかのようなものを咥えさせてから、治療に入る前に話しかけてくるのです。

「玉村さん、最近パリには行きましたか」

「赤ワインは、冷やしてもいいんですかね」

聞かれたって、答えようがないでしょう。ウウ、ウワワ……口を大きく開けたままでは唸り声しか上げられない。それでも構わず質問をして答えを待つ歯医者さんには本当に困るものですが、これまでの経験から言うと、歯医者さんにはタクシーの運転手さんと同じくらい、おしゃべりな人が多いのです。

さいわい、いま診てもらっている地元の歯医者さんは、話好きですが、仕事が早く、説明が丁寧で、技術が高いので、全幅の信頼を置いています。田舎に住んでいますが医療のレベルは高く、佐久にも小諸にも立派な病院がありますし、脳外科や眼科など、全国でも一流と言われる医療施設がすぐ近くにあって、だいたい、なにが起こったらどの病院に行く、というところは決めてあります。歯科の場合は命にかかわるケースはないとしても、日常のかかりつけ医として信頼できる先生がいるのは心強いことだと思います。

その先生のところには、歯が痛くなったときだけでなく、半年に一回くらい、チェックとクリーニングのために通っています。そのたびに、きちんと手入れをしてくださいね、と言われるのは同じですが、診るたびに先生は、

「玉村さんの歯ほど頑丈な歯は見たことがない」

と感心します。ふつうならこの程度の手入れではもっと悪くなるはずだ、というのと、歯が硬くて力が強過ぎる、というのです。

実際、私のこの二十年間ほどの歯のトラブルは、すべて、噛み合わせが強過ぎるために歯にひびが入る、ということから生じています。正確な数は先生に確かめないとわかりませんが、これまでに少なくとも三、四本の歯にひびが入って、そのたびに詰めたり削ったり金属を被せたりして、歯が割れないように処置をしてきました。

私は寝ているときには歯軋《はぎし》りをしませんし、それほど歯を食いしばって苦しい仕事をしているわけでもありません。たしかに子供の頃から強迫神経症的なところがあって、大人になってからも、一時はストレスを感じると歯を強く噛み合わせる動作を繰り返すことがありました。いまではそんなこともなくなりましたが、単にものを食べるときでも必要以

上に強く噛み合わせる癖があるからか、歯のひび割れは少しずつ進行して、五年ほど前、とうとう一本の歯が修復不能に陥りました。

　このままでは割れてしまうというその歯は、両側の健在な歯と合わせて金属のブリッジを架ければ維持できるということでしたが、

「玉村さんは笑顔の写真を撮られることが多いから、口を開いた真正面に銀冠が見えるのはマズイでしょう」

　という先生の奨めで、そこだけインプラントにすることを決めました。

　インプラント（人工歯根）というのは、話には聞いたことがありますがやるのは初めてです。私は先生が紹介してくれた専門の病院へ行って、まず診察を受けました。インプラントというのは、簡単に言えば人工の歯（ボルト＝歯冠）を人工の基盤（ナット＝歯根）に捩《ね》じ込んで固定するもので、まず現在の歯茎の状態をチェックして、ナットを埋め込むだけの強度があるかどうかを確認します。私の場合は、老化により歯茎はだいぶ弱ってはいたものの、なんとか周囲の骨組織を移植して強化すれば、受け皿となる金属（チタン）の基盤を埋め込むことが可能、という診断で、インプラントができることになりました。

　しかし、歯茎の基盤を固めるには、時間が必要でした。傷んだ歯を抜いて、歯茎に基盤

を打ち込んでから、それを支える周囲の組織が十分な強度をもつようになるまで、待たなければならないのです。

その間、約半年。半年ものあいだ、抜いた歯の跡には仮の差し歯を入れてごまかすのです。これをしておいてくださいね、と言われて、私は、針金で両側の歯に架けて留めるようになっている、ちゃちな差し歯を渡されました。

しかたないので、半年は差し歯で過ごしました。

しかし、両側の歯に架けて留めるだけなので、おもちゃの歯を嵌《は》めている、という感じが拭えません。見る人はそんなに気にしていないのかもしれませんが、やっているほうの自意識は高まって、いつも恥ずかしい状態でいる、こんなところを見られたくない、という気持ちが募ります。

寝るときは外すので、朝、差し込むのを忘れて出かけたときは悲劇、いや、喜劇でした。家に取りに帰る時間がないときは、一日中、会った人に、必要もないのに自分からインプラントの説明をし、いちいち言い訳をして過ごしました。

嵌めている間じゅう違和感があるので、途中で引き抜いてそのまま差すのを忘れたこともあります。紙に包んでおいた差し歯をうっかりゴミ箱に捨ててしまい、あとで気づいて大騒ぎをしたこともありました。

インプラントの仕組みと手順に関しては、十分なインフォームドコンセント（医師による十分な説明に患者が納得して同意するプロセス）がありましたが、半年ものあいだ差し歯で過ごさなければならないことについては、事前に聞いた記憶がありません。

よく、女優さんがインプラントをしたという話を聞きますが、差し歯の期間はどうしているのでしょうか。美しい真っ白の、前面をすべて覆う総入れ歯のような仮の歯があるのでしょうか。それとも、若ければ基盤をつくってすぐに人工歯を埋め込むことができるのでしょうか。少なくとも私はこれまで、一見して差し歯とわかる差し歯をした女優さんは見たことがありません。

半年待った甲斐があって、出来上がってきたインプラント（人工歯）は、色といい、形といい、元の歯そっくりの見事なものでした。いまでは鏡で見ても、どれが人工の歯なのか区別がつきません。インプラントでもよく歯磨きをしないと保《も》ちませんよ、と言われているので、最近は歯と歯茎の手入れを以前より丁寧にやるようになりました。

白内障――五十年間付き合った眼鏡と別れたこと

私は六十八歳のときに白内障の手術を受けました。

日常にとくに支障はなかったのですが、街に出て交通標識を見たときなど、なんとなくまわりが暗い感じがしたので、眼科の診察を受けたのです。

長いあいだ血糖値が高かったので、糖尿病の合併症をチェックするために何回か眼底検査を受けたことがあるのですが、十年くらい前の検査では、眼底の周辺部に年齢相応の白濁は見られるが、手術をするほどではない、と言われました。今回の診察では、そろそろ手術をしてもよいが、しなくてもよい、と言われました。いまはいつでも手術ができるので、まだよく見えるうちでも、もっと見えなくなってからでも、いつでも好きなときに手術をすればよいそうです。

手術そのものも、昔とは較べものにならないほど簡単になりました。昔は一週間くらい入院しなければならなかったそうですが、いまの手術は十分間くらいで終わり、日帰りが可能です。その割に（昔の大変な手術の頃の評価が生きているせいか）保険の点数が高いので、評価が改定される前に手術をしたほうがいいと、知り合いの保険屋さんからも奨められました。

そのせいか、町の眼科は老人で溢れています。手術の日も、順番待ちでした。人口減少の時代、眼科だけが繁盛しているようです。

簡単な手術で保険金が下りるといっても、目の手術というのは怖いものです。手術台に座って、目を開けたまま、そこにメスが刺さると想像しただけでぞっとします。白内障の手術はほぼ百パーセント失敗がない、とは聞きますが、それでも不安は拭えません。目の悪い人のことを考えると胸が潰れそうになりますが、目をいじらないでふつうに物が見えるというのは、なんと幸せなことでしょうか。

手術の前から自宅で決まった時間に目薬を差して準備し、当日は、必要な検査を終えた後、順番を待って手術台に上りました。顔に布をかけられ、目には閃光《せんこう》が当てられて、視界が真っ白になります。それでもその視界の中に、メスのような黒い影が動いたり、針が近づいてきたりするようすが、なんとなくわかります。

「もうちょっと、麻酔、足しますね」

麻酔は目薬で差します。たっぷり差してほしいものです。

眼球にメスを入れて表面に小さな切れ目を入れ、中をジェル状の物質で満たしてから、古い水晶体を超音波で砕きながら吸い出します。そこへ軟らかいプラスチックでできた人工の水晶体（眼内レンズ）を、小さく折り畳んだ状態で差し入れます。中に入ったレンズは自力で元のかたちに戻るので、最初に小さな切れ目さえ入れれば、標準サイズの人工水晶体が眼球の中に収まるのです。昔はガラスでできたレンズを使っていたので、切開もあとの処置もいまよりずっと大変でした。

右眼の手術はわずか十分間で終わり、眼帯をして家に帰りました。メッシュの眼帯なので隙間から少し風景は見えますが、その日はそのままおとなしく寝て、明くる日また眼科へ行って眼帯を外してもらいます。

目の手術をしても、翌日から驚くほどよく見えるようになるかというと、そうでもありません。これは多くの目の手術の場合も同様で、手術の後、視力は少しずつ時間をかけて回復していくようです。が、しばらくして明らかになった手術の結果は、素晴らしいものでした。目の傷が癒えていくに従い、いつも見ている風景が、くっきりと鮮やかに、これまでになく明るく見えてきたのです。遠くの森の、木の緑が、葉っぱ一枚一枚、はっきりと見えるような気がしたものです。

私は三ヵ月後に、左眼も手術しました。右眼だけでもそんなによく見えるのだから、両目が揃えばもっと凄いことになる……と思ったからです。

が、左眼のほうは、思いがけなく手術が難航しました。

一度経験しているので、同じようなルーティーンで準備をし、手術に臨んだのですが、右眼と同じように十分間で終わると思った手術が、二十分経っても三十分経っても終わりません。

なんとなく、先生が焦っているようすが伝わってきます。

「あ、落とした。それ拾って……」

聞こえてくる先生の声も気になります。落としたものは早く拾ってほしい。

手術時間が長引く中、私はこの最中に大きな地震が来てほしくないと、そればかり祈っていました。

目の手術の最中に大地震が来たら、私はどうしたらいいのでしょうか。先生は逃げないとしても、目に刺さったままの針は、切り開かれたままの眼球は、どうなるのか。想像するだけでパニックになりかけたとき、ちょうど四十分で手術は終わりました。

先生の説明によれば、左眼は水晶体についている筋肉が一方向だけ極端に強くて、レンズを入れても一方に強く引っ張られてしまう。これは開けてからでないとわからないことなので、事前に予測できず、そのために時間がかかった。でも、そういうときのために、針金（？）のような治具がついた特殊なレンズが用意してあり、それを使ったので結果は大丈夫、ということでした。

しかし、長時間の手術はそれなりのダメージを残したようで、たしかに両目が揃ってよく見えるようにはなりましたが、左眼にはその後も長く飛蚊症（目の中を蚊が飛ぶように黒い点が移動する現象）が残りました。いまでも、朝起きて目を開けようとすると、左眼の目蓋《まぶた》だけくっついてすぐに開かないので、指で開けることがときどきあります。

白内障の手術の場合、視力は新しく入れるレンズによって決まります。眼内レンズを入れるということは、眼球の中で眼鏡をかけるのと同じなので、好きな視力を選ぶことができるのです。

私は、パソコンに向かって文章を書くときに画面がよく見える距離で、かつ、もう少し近い、絵を描くときの紙との距離でもよく見えるような、比較的近距離を重視してレンズを選びました。そのかわり遠くのほうは少しぼやけるので、遠いところをはっきり見るためには眼鏡をかけなければいけません。

両方ともよく見える遠近両用（多焦点）の眼内レンズもあるそうですが、高額なので止めました。使ってもせいぜいあと十年くらいなので、ふつうのレンズで十分です。

それでも、仕事をするときに眼鏡をかけなくてよくなったのは、革命的といってもよい出来事でした。

私は、高校の終わり頃から仮性近視になり、大学に入ってからは近眼の眼鏡を常用するという、典型的なパターンの眼鏡男子だったので、ほぼ五十年間、眼鏡と縁が切れない生活を送ってきました。それが、もう眼鏡は必要なくなったのです。

遠いところがよく見えないといっても、レンズの度数は〇・九くらいありますから、外を歩くには眼鏡をかけなくても平気です。映画館でも、前のほうの席なら問題なく見られます。

最初のうちは眼鏡ナシの生活に慣れず、かけてもいない眼鏡のフレームを指で直そうとして空振りしたりしていましたが、そのうちに慣れてくると、遠くを見るのにいちいち眼鏡をかけるのが面倒になってきました。いまでは、一日中、ほとんど眼鏡をかけません。かけるのは、夜、テレビでサッカーの試合を見るときくらいです。スポーツ中継は、大きなテレビでも細かいところが見たいので。

出かけるときに、眼鏡を持っていく必要がないのは、本当にラクなものです。

しかし、素晴らしくよく見えるようになったと、手術の直後にはあれほど感激した見えかたは、日々が過ぎるうちに慣れてきて、それがあたりまえになりました。わずか三年半ですが、いまでは白内障の手術をしたことじたいを忘れてしまいました。

慣れる、忘れるということは、残念なようでもありますが、とても大事なことだと思います。健康な人がたとえばガンを宣告されると、最初はショックで落ち込みますが、その後にどんな経過が待っていたにせよ、しだいにその環境に慣れていき、時間が経つにしたがって、病気を日常の存在として許容するようになるものです。もし慣れも忘れもせず、最初のときの激しい動揺と不安をいつまでもそのまま抱き続けていたら、からだも心も保たないだろうと思います。どんな病気でも、慣れることは必要ですし、忘れられたらもっと素敵です。

新薬——三十年来の慢性肝炎が二週間で完治したこと

また、肝炎の登場です。なにしろ私の慢性肝炎は三十年間も続いたので、あちこちに顔を出しますが、もう少しお付き合いください。今回は、慢性肝炎が薬で治った、という話です。

昔のスケジュールノートを詳しく見ると、初期の急性症状が落ち着いて慢性肝炎に移行してからも、何度も強力ネオミノファーゲンシーの連続投与をおこなったり、かと思うと週に三回もテニスをしている日があったり、長いスパンで肝機能の数値が上がったり下がったりする間に、元気なときとそうでもないときが複雑に入り混じっていることがわかります。

しかし、軽井沢から東御市に転居して、夫婦で畑仕事をやるようになってからは、適度な運動で体力がついたこともあってか、数値は正常値よりやや高いながらも一定のレベルで安定するようになり、とくに二〇〇一年の東京女子医大病院以降は、突然の入院騒ぎに見舞われることもなく、「一病息災」で平穏な毎日を送っていました。

肝機能の数値を下げて慢性肝炎を治す治療法はとくにない、といいましたが、肝炎ウイルスを除去する方法としては、インターフェロンが挙げられます。ウイルスを除去すれば当然数値も下がるわけですから、これが究極の肝炎治療法ということになります。

実際、インターフェロンを単独で注射する、あるいはインターフェロンを他の薬剤と併用しながら投与するという方法で、これまでに多くの患者が慢性肝炎を治してきました。

しかし、インターフェロンは、効果も大きいが副作用もあり、頭痛、発熱、倦怠感、食欲不振、脱毛、鬱病、糖尿病の悪化などがあらわれるとされています。実際にインターフェロンで治ったという人に話を聞くと、体調が悪くて何ヵ月も仕事のできない時期があった、という人が少なくありません。私は、それでは困るし、とくに「脱毛」は避けたいので、気が進みませんでした。

それに、インターフェロンは、ウイルスの性質によって効く場合とあまり効かない場合があります。私の肝炎ウイルスは難しいタイプのようで、量も多く、成功率は四十パーセントくらいだろうと言われたので、それならリスクを取る価値はないだろうと、インターフェロンによる治療は諦めたのです。

そのかわり、ウイルスを体内で飼い慣らしながら、強化した免疫力でそのウイルスが悪さを働くのを抑えるという、微温的な方法で残りの人生の「生活の質」を維持する方法を選び、その選択を基準にして、肝炎以外の複数の持病にも対応してきたのです。

毎朝インシュリンを打ち、尿酸値を下げる薬を飲み、一日に二、三回、椎茸エキスや深海鮫の肝油をはじめとする各種サプリメントを摂取する。あとは二ヵ月に一度、茅ヶ崎まで行って血液検査と触診を受ける。それだけで、あとは好きなものを食べ、ワインを飲み、ウォーキングや筋トレを楽しんで、外見的にはごく健康的な生活を送ってきました。

血液検査では、当然まず肝機能の数値を確認しますが、私の場合はＡＳＴ（ＧＯＴ）が百数十、ＡＬＴ（ＧＰＴ）が五〇から八〇というレベルが標準的で、そう大きく変動することはありませんでした。γ-ＧＰＴは、お酒を飲めば上がるのは当然なので、二〇〇以下なら許容範囲と考えるようにしていました。

次に、血小板の数を確認します。肝細胞の線維化が進むと脾臓が腫大して活発化し、多くの血小板を破壊するので、血小板の数が減ってしまいます。だから血小板の数は肝硬変の進行を示すマーカーになるのです。私の場合は、つねに十五万をキープしていたのでなんとか合格点でした。

ほかに、腫瘍マーカー（ガンができていると数値が上がる項目）もチェックします。慢性肝炎は、まず肝硬変にまで進行させないことが大事で、次は肝ガンを発症しないよう気をつけることです。ふつうは慢性肝炎から肝硬変、肝硬変から肝ガン……という逐次的な移行をすることが多いのですが、慢性肝炎から直接肝ガンになる場合もあるので、油断はできません。二ヵ月に一度、腫瘍マーカーをチェックするということは、二ヵ月に一度、ガンが見つかりそうです、という宣告を受ける可能性がある、ということなので、無事に検査の結果がパスしたときは、いつも胸を撫で下ろしたものです。

そんなふうにして、二〇一五年の年末、年が明ければ肝炎発症から二十九年目を迎えるというときに、かかりつけの主治医である野村先生から、肝炎ウイルスを駆逐する新薬ができ、保険が適用になったから、試してみないかという知らせがありました。

薬で肝炎が治る。副作用もなしに。それは、インターフェロンによる治療もできないまま、死ぬまで肝炎からは逃れられないと覚悟していた私にとって、信じられない朗報でした。めざましい医学薬学の進歩により、少しでも長く生きることができればさらに長く生きる方法が見つかるという、新しい時代に間に合ったことが幸福でした。

新薬には、保険が適用されるだけでなく、住んでいる市町村に申請すれば、助成金が受けられるという特典もありました。開発するのに莫大な経費がかかり、そのためにひどく高価になってしまった医薬品を、できるだけ多くの人に利用してもらうために、国を挙げてそのサポートをしようという政策の一環です。患者の負担額はその人の収入によって異なりますが、私の場合は月々の支払い上限額が二万円で、それ以上の医療費は国が負担してくれることになっていました。助成金ナシでまともに支払えば数百万円にもなる高価な新薬が、それだけの負担で使えるのです。

私が使った新薬は、ダクルインザという錠剤と、スンベプラというカプセルでした。二〇一四年の九月に新しく登場した、肝炎ウイルスを無力化する経口治療薬の第一弾で、これらの錠剤とカプセルを毎日服用すると、六ヵ月以内に肝炎ウイルスが消える、という薬です。このあと、さらに新しい薬として、ハーボニーやヴィキラックスなど、より短期間の服用でより高い効果を示す次世代の経口薬が続々と開発され、肝炎の治療はインターフェロンから飲み薬（直接作用型抗ウイルス剤＝ＤＡＡ）の時代に完全に取って代わられることになったのです。

とにかく、これらの新薬は、効き目が凄い。服用した患者の、九十五パーセント以上が完治するのです。私の場合は、予想より早く、飲みはじめてからわずか二週間後の検査で、肝炎ウイルスが検出されなくなりました。

肝臓ガン――肝炎が治ったらガンができたこと

新薬の効果は絶大でした。

私の体内に棲みついてから二十九年間も暴れていたC型肝炎ウイルスが、あっというまにゼロになったのです。と同時に、肝機能の数字も、いっぺんに三十年前のレベルに戻りました。

輸血後肝炎を発症するまで、私の肝臓はきわめて正常でした。

二十二歳から二十四歳にかけてのフランス留学で、食事をするときはワインを飲む、という決まりを学んだ私は、帰国後も、毎日なんらかのお酒を飲むようになりました。

パリを拠点にヨーロッパを周遊し、中東とアジアをまわって帰ってきた放浪旅行で出会った料理を再現しようと自分で台所に立った私は、出来上がった料理の横には酒がなければいけないと、当時はまだ手に入りにくかった安い外国ワインを探して、週五日は飲んでいました。あとの二日は、日本酒と紹興酒。食前酒代わりのビールは毎日です。

その頃から、あの日、吐血をするまでのほぼ二十年間、私がお酒を飲まなかった日はなかった……か、あってもほんの数日だと思います。

ただし、酔って意識を失ったことはほとんどありません。学生の頃は居酒屋の天井がぐるぐる廻るのは何度も見ましたし、パリ留学直後に仲間と調子に乗ってワインを痛飲して道路で一晩を過ごしたことはありましたが、三十歳を過ぎてからは、飲み過ぎると吐くことはあっても意識を失うことはありませんでした。とくに軽井沢で暮らしていた頃は私がいちばんお酒に強かった時期で、吐血するあの日までは、毎日あらゆるお酒を浴びるように飲んでいました。

だから、救急車で病院に運ばれたとき、心配だったのは、入院したら酒が切れて、手が震えるのではないか、ということでした。

それまで健康診断とも人間ドックとも縁のなかった私は、肝機能の数値など測ったことがありません（交通事故のときにどんな血液検査をしたかは覚えていません）。だから知らないうちにアルコール依存症になっているのではないかと心配していたのですが、さいわい、酒が切れても手は震えず、血液検査の結果もまったく正常だったのです。東大医科研病院から輸血による肝炎が発症したという知らせを受ける直前の検査では、GOTもGPTも、ともに二〇前後だったと記憶しています。

後にアルコール依存症の専門医に話を聞くと、いくら酒を飲んでも肝機能の数値が正常な人はたしかにいる。が、肝臓の数値に出ない人は、アルコールの影響がアタマに来て、脳細胞が劣化する。肝臓に出ればすぐにわかるから対処もできるが、脳への影響は目に見えないので危険である、いい気になるなと脅かされました。夜中に酒が飲みたくなったとき、寝巻きのまま台所へ行って冷蔵庫を開ける人はまだ正常だが、サンダルを突っかけて近くの自動販売機まで行く人は依存症である。そう聞くと、自分はけっこうアブナイ線に近づいているかもしれない……と思いながら、それでも肝機能の数値がまったく正常であることに、自信と満足を感じていたものです。

新薬で肝炎ウイルスがなくなると、肝機能の数値は一気に二〇前後に急落しました。若かった頃の、ピッカピカの数字です。私は新薬の劇的な効果に驚きながら、ウイルスがなくなってすべてが解決するなら、これまでの治療やサプリメントはいったい何だったのか、完治したことをよろこびながらも、あまりにもあっけない幕切れに、どこか空しい感じさえ覚えたほどです。

慢性肝炎が完治してから二年半、いまでも数値は二〇前後を保っています。が、まさか完治してからちょうど一年後に、ガンが見つかるとは考えてもいませんでした。

野村医院では、二ヵ月おきの血液検査に加えて、半年に一度は超音波の検査を受けていました。肝臓と消化器を中心に、最近は前立腺も含めて診てもらいます。もう何年も続けていますが、それまではとくに異常が発見されたことはありませんでした。

二〇一六年の、六月二十五日のことでした。

新薬の服用を開始したのが前の年の一月二十三日。肝炎ウイルスの消滅が最初に確認されたのが二月六日。一連の服用が終わり、再発のないことが確認されたのがその年の夏でした。だから、肝炎の完治からほぼ一年、ということになりますが、この日の超音波検査で、肝臓にガンが発見されたのです。

「……やっぱり、ガンだね、これは。三センチくらいある。まあ、初期と言えるギリギリの大きさかな」

実は、その六ヵ月前の超音波検査で、ごく小さな異変が発見されていました。が、まだその時点ではまだガンなのか血管腫なのか判別することが不可能だったので、次回までようすをみることにしたのです。その病巣が、半年のあいだに急成長していました。

新薬による肝炎の突然の完治で、それまでに構築されていた免疫系になんらかの異変が生じたのではないか、というのが先生の診立てでした。先生によれば、新薬でC型肝炎が治った患者の中に肝ガンが発見されるケースが数多く見られ、しかも短期間に爆発的に大きくなるケースがあるとのことでした。だから、おそらくそうなることをあらかじめ想定していたのでしょう、

「すぐに、いい先生に診てもらおう。大丈夫だよ、神の手がいるから」

と言って、順天堂医院の椎名秀一朗教授に紹介状を書いてくれました。野村先生が茅ヶ崎の病院に勤務していた頃からの肝臓病研究グループの仲間で、その頃から若手ではピカ一の名医として知られていたそうです。

「彼なら絶対、大丈夫。こんなの、すぐ焼いちゃうから」

このときは、まだこの言葉の意味がわかりませんでした。

いつかガンの宣告を受けることは、診察に行くたびに覚悟していました。が、長いあいだ何回検査を受けても執行猶予が続いていたので、いつのまにか半ば忘れていて、ガンが見つかったと言われたときは、あ、そうか、そういえばいつでも見つかる可能性があったのだと、他人事のように思い出しただけでした。紹介状を書いてもらいながら、私は少し呆然としていたのかもしれません。その先に何が待っているのか想像することもできず、焼いちゃう……という言葉の意味をたしかめることもしませんでした。

翌週、私は順天堂医院でCT検査とMRI検査を受け、直径三センチのガンのほかにも小さい病巣が二個あることがわかりました。慢性肝炎によって繰り返された炎症が原因となって生じる、多中心性（多発性）の肝細胞ガン。野村医院での宣告が「求刑」であるなら、順天堂医院の検査結果は「判決」でした。

肝炎が治ったら、肝ガンになった。右のパンチをよけたら左からパンチを食らったようなものですが、精密検査の結果として診断が確定されたときは、来るべきものが来た、という感慨とともに、なぜかさっぱりとした、心の重荷が下りたような気がしたことを覚えています。

私は、順天堂医院のロビーで会計の順番が来るのを待ちながら、いま思い出すと、変な言いかたですが、とてもよい気分でした。肝硬変にならないか、いつ肝ガンが見つかるか、もう、びくびくして過ごす必要はなくなったのです。ガンと決まれば、後はシンプルです。このとき、余命は短くて二年、長くて五年、と自分で想定し、ガンを理由に余計な仕事は断り、残りの時間は自分の好きなように使おうと思いました。そして、ちょうどその晩、上京したついでに旧知の友人と会食することになっていたので、ガンの発見を祝ってシャンパンで乾杯しました。

ＲＦＡ――ラジオ波焼灼術でレバーを焼くこと

「これは……ラジオ波ですね」

椎名先生は、モニターに映る画像を見ながら、ぽつりとおっしゃいました。

「ラジオ波というのは……」

私が不得要領でいると、先生は、

「ほら、ラジオ波の資料、差し上げて」

と秘書の方に言い、私はそれを読んでようやく、ラジオ波による焼灼《しょうしゃく》術というものがあることを知ったのです。

資料を読むまでは、ラジオ波というのは放射線の一種かと思っていたくらいですから、私はまったくの無知でした。原発性（転移ではない）の肝細胞ガンに関しては、現在、ラジオ波焼灼術（ＲＦＡ＝Radiofrequency Ablation）がもっとも侵襲（手術によるダメージ）が少なく確実にガンを根治させる術式として標準的な治療のひとつになっていること、椎名先生は、初期からその研究と開発に携わってきた自他ともに許す第一人者であること、

ＲＦＡでは順天堂医院がもっとも症例が多く世界のトップを走っていること……については、何も知りませんでした。

手術は七月十五日と決まり、その前日に入院しました。

入院の日は、もろもろの手続きや問診、血液検査などを受けた後、夕方に手術室へ行き超音波検査を受けます。すでに病巣の位置はＣＴやＭＲＩの検査によって特定されていますが、ここではどこに針を刺すか、もう一度超音波で確認しながら位置を決め、消えないインクで皮膚の表面に印をつけるのです。

ＲＦＡというのは、脇腹から刺した長い針の先を直接ガンの病変に当て、ラジオ波で熱して患部を焼き切る方法です。ラジオ波というのは、ＡＭラジオに使われるのとほぼ同じ四五〇キロヘルツ前後の高周波だそうで、これを直径一・五ミリほどの針につけた電極に流して周囲に約一〇〇度の熱を発生させ、ガンの細胞を破壊します。このとき針の先を正確にターゲットに届かせるために、どこからどう刺せばよいか、事前にシミュレーションをするのが前日の作業です。

手術の当日は、朝食を抜き、手術着に着替えて、点滴を打って待機します。順番が来て呼ばれたら手術室へ行き、指示される通りに手術台の上に横たわり、あちこちにペタペタと電極などを張られた後、酸素吸入の管を鼻に通し、手術台を微妙に動かしながら針を打ちやすいようにからだの向きを調整して、位置が決まったらからだを固定します。

からだの左側にはいくつものモニターが並んでいて、天井から吊るされたディスプレイにCTやMRIの画像が映し出されています。手術中の超音波画像を示すのはどれだろうか……とキョロキョロしていると、

「玉村さん、おクスリ入りますよー」

という声がかかって、点滴から鎮静剤が注入されはじめます。すると、羊の数を数えるまでもなく、すぐに意識が遠のいていきます。

「はい、終わりましたよ」

という看護師さんの声を聞くのは、病室のベッドの上。手術そのものはもちろん、手術台からストレッチャーに移されたことも、手術室から自分の病室まで運ばれたことも、まったく記憶にありません。すべてが、眠っているあいだに終わりました。肝臓は痛みを感じない臓器なので、火傷をしてもまったく痛くありません。

手術が終わって病室に運ばれ、天井を見ながら横になっている最初の十分間が、私のいちばん好きな時間です。なにか、とても清々しい、落ち着いた気分で、あの気分は何回味

わってもいいと私は思っています。

いうまでもなく、患者さんによってさまざまに状況が異なるでしょうから、以上はあくまでも私の（私だけの）ＲＦＡの顚末であることをお断りしておきます。

私の体験から言うと、ＲＦＡで辛いのは、手術直後の四時間の絶対安静でしょうか。焼灼で傷ついた（焼かれて止血されている）肝臓を守るために、手術後四時間は、横を向いてもいけない絶対安静が求められます。最初の十分はよいのですが、四時間はけっこう辛いものです。

四時間が過ぎたら、顔を横に向けることは許されますが、まだ立ち上がってはいけません。肝臓がべったり横に位置するように、枕も低くして、動かせるのは首だけです。そのまま、翌日になって担当医の許可が出るまで、安静を維持します。

安静が解除されれば、ベッドから下りることができるので、トイレも使えます。が、それまでは小便もベッドの上で、尿瓶を使って処理します（尿道にカテーテルを入れる方法もありますが）。

発見されたガンが他の臓器と接する位置にある場合などは、患部を熱すると他の臓器を傷めてしまうおそれがあるので、臓器のあいだに水を入れて遮断する方法を取ることがあり（人工腹水または人工胸水）、そのときは術後に大量の水が排泄されるため、夜中まで何度も排尿を繰り返さなければなりません。ＲＦＡで嫌だなと思うのはそのくらいで、ほかにはまったく文句のつけようのない手術です。

手術が無事に終わったら、安静解除の後、ふたたびＣＴ検査を受けて、ガンがきちんと焼けたかどうかを椎名先生がチェックします。超多忙の先生に自分の結果をいつ診てもらえるかが問題ですが、先生はまったくお休みを取らないそうで、担当医が休んでいる土曜や日曜に病室にひょっこりあらわれて、結果を教えてくださることもありました。

ときには安静が解除される頃から微熱が出て、数日間続くこともありますが、椎名先生のＯＫが出て、術後の血液検査でもとくに問題がなければ、体力の回復を待って退院となります。

私の一回目の手術の対象は、直径三センチのガンのほかに、小さなのが二個。合計三個でした。ＲＦＡが適用できるのは、大きさは最大三センチ、数は三個まで、とされているそうで、私の場合はギリギリのセーフでした。ガンの発見からすぐに椎名先生のＲＦＡに行き着いたことも含めて、ここでも私の幸運が働いたとしか言いようがありません。

入院鞄——自分ひとりになれる時間を楽しむこと

私はこれまで、ＲＦＡのための入院を四回経験しています。この本が出版されるまでにさらに一、二回増えるかもしれません。三ヵ月に一度、検査をして、ガンが見つかればすぐに手術をするからです。一回目が三個、二回目が三個、三回目が二個、四回目がまた三個。合計四回で十一個のガンを焼きました。大きさは初回の三センチが最大で、あとは全部一センチかそれ以下でした。もちろんガンが大きければ手術にも時間がかかり、それだけリスクも大きくなりますが、小さいうちなら安全に焼くことができます。

新薬による免疫環境の変化と関係があるかどうかは不明ですが、肝細胞ガンというのはもともと多発性があるとされており、ラジオ波で焼灼すればガン細胞は死んでいったんは根治しますが、しばらくするとまた別の場所に新たなガンが顔を出します。私の四、五回はまだ少ないほうで、十回以上やっている人は珍しくなく、なかには二十回やっている人もいるそうです。

昔は一センチとか二センチのガンは発見できなかったものですが、画像診断の技術が進歩して最近は微小なガンまで見つかるようになったので、からだにダメージを与えることなく何度も繰り返せるようになったのです。

私は、手術を終えて退院すると、それから次の検査までの三ヵ月間は執行猶予期間として仕事や遊びの予定を入れ、次の検査の日から向こう三週間は、いつ入院してもいいようにスケジュールを空白にしておきます。

同じ病院に同じ間隔で何回も入院していると、医師や看護師とは顔馴染みになり、行きつけのホテルに投宿する気分に近くなります。手術が無事に行くかどうかはかならずしも予断を許さないとはいえ、だいたい予測通りのルーティーンが待っていることを前提にして、読む本と、書く原稿を、あらかじめ用意して持っていくことにしています。

パソコンと、マウスと、電源一式。これは本や資料とともにアタッシェケースに。

もうひとつのキャリーバッグには、着替えの衣類のほかに、緑茶と紅茶のティーバッグとコーヒーマシン。コーヒーは、これまでに、電動ミルとペーパードリップ、水出しコーヒー用のフラスコ、小型の全自動マシン……と試してきましたが、いまはネスプレッソのイニッシアにしています。カプセル（ポッド）のコーヒーにはいささか抵抗があったのですが、淹れたあとの滓《かす》の処理を考えると、病室ではこれがいちばん面倒がない。あとは、キャリーバッグの中に入れたときに、ジッパーがちゃんと閉まるかどうかも選択の基準でした。コーヒーマシンの隣には室内履きの靴を入れるので、横にして入れたときの両方の高さが揃わないと、うまく蓋が閉まらないのです。コーヒーとお茶の兼用カップ、家で愛用している水飲み用のガラスコップは、ビニール袋に入れて靴の中に押し込んでしまいます。

衣類は、ほとんど要らないことがわかりました。パジャマとタオルは病院と提携した業者に注文すれば毎日交換してくれるので、下着だけ持って行けばよいのです。季節によってはカーディガンかトレーナー、柔らかいトレーニングパンツ。あとは入院するときに着ていった服が一揃いあれば事足ります。

入院すると筋トレができなくなるので、そのためにウォーターダンベルを買ったのですが、まだ持っていったことはありません。プレート型のビニール袋に水を入れて、プラスチック製のシャフトの両側に取り付ける旅行用のダンベルですが、絶対安静が解けて散歩ができるようになればほどなく退院ですから、たとえ余力があったとしても病室で筋トレをする時間はないでしょう。

あと何回入院するかは、まったく予想ができません。

もし、そのうちにガンの発生が途切れて、そのまま顔を出さなくなれば、モグラ叩きはおしまいになります。

が、発生したガンの出る場所が悪ければ、ＲＦＡを使うことができずに、開腹手術や放射線治療を受けることになるでしょう。

また、ＲＦＡにも合併症がないわけではないので、いつ思わぬ原因で重篤な症状が生じないとも限りません。手術の前には、どんな結果になっても文句は言いません、という誓約書にサインを求められるのが通例ですが、そうなったら諦めるしかないでしょう。

妻には入院のときと、手術のとき、そして退院のときに付き添ってもらうことになっています。そのほかの日は、妻も忙しいので、わざわざ来なくてもよいと言ってあります。もちろん、誰にも知らせないので見舞い客が来ることはありません。

病院で過ごす日は、自分ひとりになれるかけがえのない時間です。

病院へ持っていくアタッシェケースとキャリーバッグは、いま原稿を書いている机の横に置いてあり、いつでも荷造りできるように準備してあります。

自宅療養――寝たきりになれる部屋を探すこと

去年の冬、転倒しました。

夜、寝る前に、犬に最後の小便をさせるために短い散歩をするのですが、そのとき滑って転びました。零下一〇度の晩で、庭の水溜まりがカチカチに凍っていたのです。

老人は転倒に気をつけろと言われます。

知り合いの中にも、タクシーから降りて一歩踏み出そうとしたときに歩道の縁石につまずいて転倒し、なんと骨盤を骨折した老人がいます。たった三段の階段を踏み外して肋骨を折ったのは、私よりも若い友人です。転倒をきっかけに寝たきりになった……というお年寄りの話もよく耳にします。

私も妻からしばしば、歳を取ったのだから転ばないように気をつけなさい、と言われます。私自身には歳を取ったという自覚があまりないので、単なる嫌味にしか聞こえないのですが、客観的に観察すれば、歩くときに足を持ち上げる高さや、足を運ぶ歩幅が、若い頃より少しずつ低く小さくなっていて、ちょっとしたことで転ぶ確率が高くなっているかもしれません。

しかし、あの晩の転倒は、決して老化のせいではありません。だって、若い頃から、冬になるとかならず、年に一回は氷で滑って転んでいたのですから。

私は氷が張っているのを見ると、その上に足を出したくなるのです。

……どうかな、滑るかな。こわごわと足を伸ばして、靴の底をスッと滑らせてみる。それだけで終わらせるつもりなのに、思いがけなく大きく滑って、そのまま転倒することがよくありました。

あの晩も同じでした。自宅の勝手口を出てワイナリーの建物のほうへ下る、砂利を敷いた坂道の端のほうにある窪みに水が溜まって、かなり大きな氷の平面ができていました。外灯の光を受けて、きらきらと輝いています。思わず、足を乗せてみたくなりました。

右足に重心を置いて、からだを後ろに残し、左足をそっと伸ばして、こわごわと氷の上に置きました。滑るかな……

と思ったら、滑ったのです。それも大きく滑って、つられて右足まで氷の上に乗ってしまい、両足を揃えて転倒しました。からだの重心が後ろに残っていただけに、すってんころりと見事にひっくり返って、頭を地面にしたたかに打ちつけました。

毎朝の犬の散歩では、安全のためにヘルメットをしていくのですが、寝る前の散歩は庭先だけなので、帽子も被っていませんでした。

打ちつけた地面には石ころが転がっていましたが、大きな石の角で頭を打たなかったのがさいわいでした。下手をしたら、テレビドラマでよく見るように、殺すつもりはなかったのに、突き飛ばしたら机の角に頭が当たり、打ちどころが悪くて死んでしまった……みたいになっていたかもしれません。

それは相当の衝撃でした。ガーン、と頭の中が鳴り響き、目から火花が出るとはこのことかと思いました。私は小学生の頃から頭が固く、プロレスごっこのときはボボ・ブラジル式のココバット（頭突き）が得意技だったのですが、今回は後頭部なので役に立ちませんでした。それでも転倒した瞬間は意識があって、起き上がるとすぐ、駐車場に置いてあるクルマが見えたので、四桁のナンバーを加減乗除してちょうど十にする頭の体操をして、脳に異常がないかどうかをたしかめました。

転んでも犬のリードは放さなかったので、すぐ近くで小便をさせてから、歩いて家に戻りました。その間、わずか一、二分だったかと思いますが、家の中に入る頃からなんとなく頭がボーッとしはじめ、勝手口から入って廊下を抜け、二階の書斎に犬といっしょに階段を上るまで、よく知っている間取りが、まるで初めて見る他人の家の間取りのように思えました。

二階に上がると妻がいたので、ちょっと転んだ……と言って頭に手をやると、手に赤い血がついています。見てもらうと、後頭部に傷がありました。

「……どうしたの、どこで転んだの？」

そう訊かれて、私は、答えに詰まってしまいました。

「えーと、どこだっけ……犬が走り回ってサ、あの……」

転んだ場所が、出てきません。家の中に入ったことは覚えていますが、その前にどこを歩いてきたのか、記憶が飛んでしまっているのです。

自分でも、おかしいな、と思いました。

さいわい、そのままじっとしていると、少しずつ意識が戻ってきて、坂道の窪みで滑ったことをはっきりと思い出したので、事無きを得ましたが、きっと頭を打ったときに軽い脳震盪《のうしんとう》を起こしたのでしょう。サッカーの試合なら即退場です。

「お医者さん、行く？」

平気だよ……と言いかけて、行く、と言い直しました。自分でもちょっとヤバイ感じがしたからです。

上田市によい脳外科があり、脳梗塞で倒れたらそこへ行くと決めているのですが、電話をしたら救急で診てくれるというので、すぐに妻のクルマに乗りました。もう、午前零時に近い時刻です。

病院では、まず後頭部の傷口を処置して五針縫い、その後、ＣＴ検査をしてもらいました。結果がわかったのは翌日ですが、硬膜下の出血はありませんでした。頭を強く打ちつけると、頭骸骨のすぐ内側にある、脳を覆う硬い膜の下で出血が起こり、そのままゼリー状に固まって脳を圧迫する……急性硬膜下血腫という症状が出ることがあります。

急性硬膜下血腫は、とくに高齢者に多いとされ、軽い打撲から生じる場合もあるといいます。たとえば転倒して頭を打って、そのときはなんともなくても、何ヵ月か経った後に症状が出る、ということがあるそうです。林外科の、掃除のおじさんに脅かされたことを思い出しました。

というような顚末で、なにごともなく一件落着したのですが、このことがあってから、私は、ある日突然倒れて寝たきりになる……という想定も、あながち除外するわけにはいかないと思うようになりました。これまでは肝臓や胃や大腸にばかり関心が行って、脳や心臓についてはまったく心配していなかったので、じわじわとからだが弱ることはあっても、突然その日から……という状況は考えていなかったのです。それに、肝臓のほうだって、いつかＲＦＡが効かなくなり、ガンを抱えたまま寝込む日が来るかもしれません。病院からいつ自宅に移るかは問題ですが、いずれにせよ、最後は自宅で療養することになるでしょう。いや、私は自分の家にいるのが好きなので、いくら医師がダメだと言っても絶対に自宅に帰ります。

それから、自宅で寝たきりになるなら、どの部屋にベッドを置くのがいいか、いつも考えるようになりました。

いまは、書斎で寝ています。以前は寝室で妻と並んで寝ていたのですが、何年前からか忘れたけれど、妻はそのまま寝室に自分のベッドを置き、私は書斎にもっと小さなベッドを置いて寝るようになりました。いや、ベッドのサイズは力関係によるものではなく、私はいったん寝たら寝返りもせず、直立不動で（というのは変ですが、要するに真っ直ぐになったまま）眠るので、ベッドの幅はせまくてよいのです。

しかし、二階の書斎で寝たきりになるのは、看護や介護にも不便でしょう。やっぱり、階下のもっと広い部屋がいい。

階下には、広い部屋が三つあります。応接間、サンルーム、台所。台所で寝たきりになるのは、私らしいかもしれませんが、どう考えても邪魔でしょう。

応接間は、設計するときは居間のつもりでつくった部屋で、暖炉があって、ピアノが置いてあります。結局、暮らしてみたらしょっちゅう使うのは台所と寝室だけで、居間で時間を過ごすことはめったにないことがわかったので、いまはなんとなく応接間ということになっています。

この部屋にベッドを置くのは、悪くないと思いますが、ピアノが置いてあるスペースは一段低くなっているので、段差があるのは不便かもしれません。かといって、暖炉のあるほうのコーナーは、ちょうど暖炉の前にベッドを置けばマントルピースがバックボードのようになって見た目は恰好がつきますが、ここは死んだら骨壺を置く場所なので、死ぬ前からそこに寝ている必要はないでしょう。

サンルームは、南側の庭に面した部屋で、いつも植物が置いてあります。こんなにたくさんの植物に囲まれて、緑の中で寝たきりになるのは素敵です。でも、天井までガラス張りなので、夏は太陽が強過ぎて、寝ているうちに干涸《ひから》びるかもしれません。

……こう考えてくると、一長一短ですね。

それならもう一度、二階に戻って、アトリエにベッドを置くのはどうでしょうか。

いまのままでは筋トレのマシンが邪魔をして、ベッドを置く場所がありませんが、寝たきりになれば筋トレもできないから、マシンは処分することにします。

西に向かって大きく開けたアトリエの窓からは、ブドウ畑も里山も、北アルプスの稜線も望めます。冬になれば、上田盆地の夜景がきれいです。冬にならなくても、私が寝たきりになれば、窓の前にまで大きく張り出した樹木を伐採して、昔のように景色がよく見えるようにしてもらいましょう。昔はアトリエの窓から山も川も街もすべてが見えたものですが、四半世紀が経つうちに、樹木が巨大に生長してしまいました。

アトリエの欠点は西日が入ることですが、一日中、西方を眺めて時を過ごすのは、人生の最後にふさわしいのではないでしょうか。

私が、そんな物思いに耽りながらアトリエの窓のところに立っていたら、妻が洗濯物を持って入ってきて、スクワットマシンにそのハンガーを掛けていきました。

あとがき——からだの履歴書

一九四五年
東京都杉並区に生まれる。八人兄弟の八男。食糧難の時代で、生まれたときはサルのように痩せていたが、兄たちによる栄養補給で成長し、小学校に上がる前にタマゴの食べ過ぎでお腹をこわした。

一九五一年
区立桃井第三小学校入学。画家の父親は胃ガン・すい臓ガンで入学の前年に死去。

一九五七年
区立荻窪中学校入学。水泳をやっていたせいかしだいに胸幅が広くなり、西洋老人体型に近づいていく。ズック鞄と革靴で歩いて通学したため、背骨が曲がり、外反母趾になった。

一九六〇年
都立西高校入学。二年生の秋から受験勉強で近視になり、眼鏡をかけはじめる。しだいに肥満。

一九六四年
東京大学入学。八四キロの肥満体となっており、茶道部に入ろうとするも正座ができず挫折。自己流の筋トレと無茶な食事制限で十四キロのダイエットに成功。

一九六八～一九七〇年
パリ大学に留学。食事は毎日決まった時間に摂ることと、食事をするときにはかならずワインを飲むことを学ぶ。パリを拠点に各地を放浪。どこでもお腹はこわさなかった。

一九七二～七六年
東京・六本木に住み、食べ歩きの仕事で太り、ダイエットをして痩せ、ランニングとヨガに凝って三島の沖ヨガ道場に入門。沖導師から背骨がS字形に曲がっていると指摘される。

一九八二年
中央自動車道で交通事故。乗っていたクルマが分離帯の土手に乗り上げて一回転し、頭部挫傷、左耳裂傷で福生第一病院（?）に緊急入院。三日で退院し東京・林外科病院に。その後、中耳の隔壁にひびが入っていることが判明し、慶應義塾大学病院耳鼻科に入院。翌年、軽井沢に転居。

一九八六年
軽井沢の自宅で大量の吐血。救急車で佐久総合病院に搬送されて輸血を受けるが、入院後も下血が止まらず輸血を繰り返す。十一日間の入院の後、東京大学医科学研究所附属病院に転院。さらに下血と輸血を繰り返す。吐血の原因は最後まで不明。四十日間入院していったん退院するが、輸血後肝炎（C型肝炎）にかかっていることが判明して呼び戻される。

一九八七年
C型肝炎はなかなか治まらず、慢性化しはじめる。ちょっと動くとすぐに疲れるので一日の大半を寝て暮らしながら、なにかよいヒマ潰しの方法はないかと考えて、高校の頃まで描いていた油絵を再開する。絵に熱中して肝炎のことを忘れたせいか、肝機能の数値が好転した。

一九九一年
東御市田沢に移住。夫婦でヴィラデスト農園を拓く。翌年、ワイン用ブドウ（メルローとシャルドネ）五百本を定植。農作業をやっているうちに肝炎の症状は安定した。以後、数値は高め安定ながら、好きなものを食べて好きなだけワインを飲む暮らしができるようになった。

一九九八年
雑誌のパリ取材旅行の最終日に、突然の強力なアレルギー発作に見舞われる。これまで原因がわからなかった同種の反応は、お酒を飲んでマンゴーを食べたときに発症することに初めて気づいた。発作の後二日間はまったく食欲がなく、一挙に体重が七キロも減少した。帰国後、地元の医院で診察を受けたら血糖値が五七七（食後三時間）もあったので、急遽、東京・虎の門病院に入院。入院時の検査で血糖値が八〇〇もあり、糖尿病棟はじまって以来の新記録と誉め（？）られた。この夏の終わり頃、最初の通風発作。

二〇〇一年
植物性のアレルギー発作の直後に血糖値が急上昇し、脱力感、動悸昂進、異常な喉の渇きなどを感じる。翌日、伊勢丹新宿店で開催中の個展サイン会に赴くも、貧血で倒れ、東京女子医科大学病院に緊急搬送されＩＣＵ（集中治療室）へ。胃潰瘍による内出血と判明したが、アレルギー発作との関連は不明。入院中に激しい痛風発作に見舞われ、両足を高く上げたまま抱きかかえられて退院。

二〇一〇年
脚力の衰えを自覚したことから、トレーニングマシンを購入して本格的な筋トレをはじめる。レッグプレス、ハックスクワットなどのマシンを導入したため、アトリエがホームジム化して絵を描くスペースが少なくなった。ボディービル雑誌『アイアンマン』を愛読する。

二〇一三年

四月二十五日、信州上田医療センター歯科口腔外科でインプラントのための抜歯と基盤造成。仮の差し歯をもらう。十月十七日、インプラント（人工歯根）埋め込み完成。この間の半年、差し歯を差したり忘れたりしながら不便な日々を過ごす。

二〇一四年

六月十九ヨ、上田市今井眼科にて、右眼の白内障手術を受ける。わずか十分ほどの施術で、簡単に終わる。九月十一日、左眼の白内障手術。左眼は状況が異なり手術はやや難航したものの、無事終了。手術直後はきわめて視界が良好になって感激するが、しだいに慣れる。が、これで五十年間かけ続けてきた眼鏡とお別れした。

二〇一五年

一月二十三日より新薬の投薬による肝炎治療を開始し、完治する。

二〇一六年
六月二十五日、野村消化器内科の超音波検査で病変を発見。順天堂医院でＣＴ＆ＭＲＩ検査をおこない、ガン三個（うち一個は直径三センチ）を確認。七月十五日、椎名教授によるＲＦＡ（ラジオ波焼灼術）を受ける。
十月二十一日の第二回検査でガン三個を発見し、十一月十日にＲＦＡ。
十二月二十七日、庭先で滑って転倒し、小林脳神経外科・神経内科病院で応急措置。ＣＴ検査を受けるも異常なし。

二〇一七年
一月十八日の検査では病変が見つからず、二ヵ月後の三月十五日の検査でガン二個を発見、三月二十四日にＲＦＡ。その三ヵ月後の六月二十日の検査でガン三個を発見し、六月二十八日にＲＦＡ。
さらに三ヵ月後の九月二十七日の検査では、ガンは発見されなかった。

本書は、ブログ「玉村豊男の『古希日記』」中の記事「病気自慢」（二〇一七年一月〜十二月）に加筆・訂正して一冊にまとめたものです。

治療や薬剤の具体的な効果に関する記述は、著者の経験に基づくものです。すべての人に同じ効果があるとは限りません。また、医学的説明は著者の個人的な見解によるものです。

玉村豊男【たまむら・とよお】
エッセイスト・画家・ワイナリーオーナー。1945年東京生まれ。東京大学フランス文学科卒。1968年パリ大学言語学研究所留学。1972年より文筆業。1983年長野県軽井沢町、1991年同県東部町（現・東御市）に移住して農園を開き、2004年ヴィラデスト ガーデンファーム アンド ワイナリー開業。2007年元箱根に玉村豊男ライフアートミュージアム開館。2014年日本ワイン農業研究所を設立し、アルカンヴィーニュ（ワイナリー)を拠点とする千曲川ワインアカデミーを開講。1986年輸血後肝炎（C型肝炎）にかかっていることが判明。2015年投薬治療により完治するが、翌2016年肝ガンが見つかる。現在も検査・治療中。『パリ旅の雑学ノート』『料理の四面体』『田園の快楽』『絵を描く日常』『千曲川ワインバレー』『隠居志願』など著書多数。

■装丁・レイアウト
三木和彦、林みよ子（アンパサンドワークス）
■表紙撮影
大見謝星斗（株式会社世界文化社）
■編集
中野俊一（株式会社世界文化クリエイティブ）
■校正
株式会社円水社

からだの履歴書

病気自慢

発行日　二〇一八年一月三〇日　初版第一刷発行
著　者　玉村豊男
発行者　加治　陽
発　行　株式会社世界文化クリエイティブ
〒一〇二 - 〇〇七三
東京都千代田区九段北四 - 三 - 三二
一口坂ＴＳビル八階
電話　〇三（三二六二）六八一〇
発　売　株式会社世界文化社
〒一〇二 - 八一八七
東京都千代田区九段北四 - 二 - 二九
電話　〇三（三二六二）五一一五
印刷・製本　株式会社シナノ

ISBN978-4-418-18500-9